쓰지 않은 마음

타라 브랙이 일깨우는 우리 안의 근본적 선함

쓰지 않은 마음

TRUSTING the GOLD

타라 브랙 지음 — 비키 알바레스 그림 — 김성환 옮김

한문화

Truth

진실

Love

사랑

Freedom

자유

우리 안에는 '쓰지 않은 마음'이 있다

지난 수십 년간 다음과 같은 기도가 내 머릿속을 맴돌았다.

'내 안의 선함을 신뢰할 수 있기를. 그리고 타인의 선함을 알아차릴 수 있기를.'

이 열망은 내가 어른이 되고 나서 경험한 깊은 고통에서부터 비롯한 것이다. 그 어두운 시기를 지나오는 동안, 나는 세상과 분리된 채 불안감과 우울감에 시달렸다. 나의 가치를 끊임없이 의심하며, 나 자신이 어딘가 부족하고 모자란 존재라고 생각해 왔다. 이런 태도는 주변 환경과 사람들에 대해서도 그 어떠한 유대감도 느끼지 못하게 가로막았다. 그 무엇에도 창의적인 감흥을 느낄 수 없었고, 생생하게 살아 있다는 기분도 느낄 수 없었다.

하지만 신기하게도 이 '무가치감의 마력(Trance of Unworthiness)' 은 나를 새로운 '영성의 길'로 이끌었고, 돌이켜보면 이것은 놀라운 은총과도 같았다. 이 길은 내가 겹겹이 싸인 의심의 벽을 뚫고 그 아래에 놓인 명료함과 개방성, 존재감, 사랑을 발견하도록 도왔다. 인간의 본성 자체인 '자애로운 자각(Loving Awareness)'에 대한 신뢰는 지난 수년에 걸쳐 나의 앞길을 점점 더 환하게 밝혀주었다. 우리가 자기 자신을 얼마나 부족하게 여기든, 우리가 속한 사회가 얼마나 많은 폭력과 불평등에 사로잡혀 있든 '근본적 선함'이 우리의 핵심이라는 사실은 변함이 없다. 다만 이런 선한 마음을 쓰지 않았을 뿐이다.

이를 잘 드러내는 아름다운 이야기가 있다. 1950년대 중반, 태국 방콕에서는 흙으로 빚은 거대한 불상 하나가 열기와 가뭄으로 서서히 갈라지고 있었다. 불상을 조사하기 위해 승려들이 현장에 도착했고, 가장 크게 벌어진 틈 사이로 손전등을 비춰보았다. 그 순간 승려들은 깜짝 놀라고 말았다. 진흙 깊숙한 틈에서 금덩이가 희미하게 빛을 발하고 있었던 것이다.

누구도 진흙 불상 안에 황금 불상이 들어 있을 거라고는 상상하지 못했다. 나중에 밝혀진 바에 따르면, 600여 년 전 이 지

역에 큰 전쟁이 일어났을 때 적으로부터 황금 불상을 보호하기 위해 진흙으로 감싸 불상을 만들었다고 한다. 사원에 살았던 모든 승려가 적의 습격으로 목숨을 잃었지만, 진흙 속에 반짝이는 아름다움과 가치를 숨긴 황금 불상만큼은 온전히 보존될 수 있었다.

위험으로부터 황금 불상을 보호하기 위해 승려들이 불상의 아름다움을 진흙으로 가린 것처럼 힘든 세상과 마주할 때마다 우리는 우리의 타고난 순수함과 선함을 무언가로 은폐하곤 한다. 우리 가운데 다수는 어린 시절 누군가로부터 비난받고, 무시당하고, 오해받고, 학대당한 경험이 있을 것이다. 그래서 우리 안에 빛나는 황금이 들어 있다는 사실을 의심하거나 잘 받아들이지 못한다.

성장하면서 우리는 사회적 판단과 가치를 계속해서 내면화했고, 그 결과 자신의 순수성과 창의성, 부드러운 내면과 접촉할 기회를 점점 잃어버리고 말았다. 우리는 끊임없이 사회와 타인의 인정을 추구하면서 우리의 가치를 알아달라고 매달려 왔고, 그 과정에서 내면의 반짝이는 황금을 망각하고 말았다. 게다가 우리가 사회의 비주류 집단에 속한다면, 불평등과 차별

이라는 폭거로부터 자신을 보호하기 위해서라도 두꺼운 장막
을 한 겹 더 둘렀을 것이다.

　우리가 층층이 덮개를 쌓는 동안 자신도 모르게 그 덮개를
자기 자신과 동일시하며 내면의 가치를 알아볼 수 있는 눈을
가리고 말았다. 하지만 눈으로 직접 황금을 보지 못할 때조차
진정한 본성에서 나오는 아름다운 빛과 사랑은 흐려지지도, 더
럽혀지지도, 약해지지도 않는다. 그것은 주변 사람들과 관계 맺
길 원하는 열망과 현실을 이해하고자 하는 충동을 통해, 아름다
움에 기뻐하는 본성과 타인을 도우려는 천성적인 욕구를 통해
매일 큰 소리로 우리에게 말을 걸어온다. 우리는 분리되고 고
립된 자아라는 정체성 너머에 광대하고, 신비스럽고, 성스러운
무언가가 있다는 사실을 가슴 깊은 곳에서부터 직감하고 있다.

　그렇다면 내면의 '쓰지 않은 마음'을 드러내도록 도와주는
것은 무엇일까? 우리의 본성 자체인 순수함과 사랑, 근본적 선
함을 신뢰하는 법을 배우려면 어떻게 해야 하는가? 지혜와 친
절함을 적극적으로 표현하려면 어떻게 해야 하는가? 그리고
폭력과 인종차별, 계층 갈등, 동물 학대, 자연 파괴 등을 자행하
는 무지와 탐욕, 혐오에 현명하게 대처하려면 어떻게 해야 하

는가? 이러한 질문이 나의 영적 여정을 위한 방향을 알려주었고, 나의 도전과 발견이 다른 이들의 삶에도 의미가 있길 바라는 마음에서 이 책을 쓰고자 마음먹었다.

이 책을 구성하는 세 개의 장(진실, 사랑, 자유)에서 우리는 진정한 본성으로 깨어나게 하는 붓다의 근본적인 가르침을 탐구할 것이다. 먼저, 있는 그대로의 삶에 마음을 열고 경험의 진실성을 받아들이는 법을 배우는 것에서부터 시작할 수 있다. 그런 다음 끊임없이 변하는 삶을 사랑으로 마주하는 고유한 능력을 일깨우는 법을 배울 것이다. 이를 통해 진정한 본성에 내재한 자유를 찾을 수 있을 것이다.

이 책을 처음부터 읽으면서 가르침의 순서를 그대로 따르는 것도 좋다. 하지만 모든 가르침은 서로 얽혀 있으므로 아무 곳이나 펼쳐 당신의 삶을 밝혀주는 구절을 찾아보는 것도 좋다. 마음이 가는 글귀를 천천히 음미하다 보면 내면의 지혜가 깨어나고 진정한 치유와 자유에 이르는 관문을 찾을 수 있을 것이다. 우리 내면의 황금이 두려움과 불확실성, 혼돈이라는 진흙에 파묻혀 있을지도 모르지만, 우리의 본성을 신뢰하면 신뢰할수록 주변에서도 점점 더 많은 황금을 찾을 수 있을 것이다.

우리가 한없이 빛나는 가슴속 순수함을
신뢰하고 그에 따라 살아가기를.

우리가 소중하고, 힘들고,
신비스럽고, 아름다운 이 세상을

함께 돌보면서 깨어나는 동안
서로의 손을 맞잡을 수 있기를.

자애로운 축복을 담아

타라 Tara

Truth

진실

황금은 절대 더럽혀지지 않는다

'진정한 본성'이라는 황금은 절대 무언가로 더럽힐 수 없다. 설사 분노나 결핍감, 두려움에 뒤덮인다고 해도 자각은 여전히 밝고 순수한 상태로 남아 있다. 우리의 근본적 선함을 기억하고 신뢰하는 순간, '무언가 잘못된 것 같은' 느낌은 사라지고 행복과 평화, 자유를 향해 마음의 문을 활짝 열 수 있을 것이다.

충분히 훌륭하다는 것은 무엇일까

'더 잘할 수 있었어. 더 많은 일을 해야 했는데. 더 현명하게 행동했더라면 좋았을걸.'

지난 수년간 나는 어떤 상황에서도 '충분하지 못하다'는 생각에 사로잡혀 있었다. 그러던 어느 날, 잠자리에 들기 전에 나자신에게 물었다. '충분하다는 게 도대체 뭘까? 어떻게 해야 충분히 훌륭해질 수 있을까?'

그로부터 몇 주에 걸쳐 어떤 일을 성공적으로 끝내거나, 누군가에게 감사의 인사를 받거나, 사람들한테 친절하고 관대하게 대했을 때 어떤 감정이 느껴지는지 돌아보았다. '충분하다'는 느낌이 어느 정도 지속되긴 했지만 이내 무엇을 해야 하는지, 비슷한 상황에는 또 어떻게 대처해야 하는지, 더 섬세하고 친절한 사람이 되려면 어떻게 해야 하는지 등에 강박적으로 집착하기 시작했다. 심지어 내가 이룬 가장 만족스러운 성과조차면밀히 따져보면 오만함이나 자만심으로 오염된 것처럼 느껴졌고, 충분히 영적이지 못한 것만 같았다. 내가 무슨 일을 하든그 어떤 것도 지속적인 충족감을 안겨주지는 못했다.

그날 이후 나는 충분하다는 것이 그 어떤 성취와도 관련이 없다는 사실을 깨달았다. 충족감은 어떤 업적과도 상관이 없으며, 훌륭한 사람이 되고자 애쓰는 것과도 연관성이 없다는 사실을 발견했다. 대신 충분하다는 깨달음은 바로 여기 현존의 충만함 속에, 열린 가슴의 부드러움 속에, 삶에 귀를 기울이는 고요함 속에 머물러 있었다. 내면의 황금은 바로 이런 순간 은은하게 빛을 발한다.

오늘의 명상

당신을 혼란스럽게 하는 문제나 당신을 괴롭히는 일에서 잠시 벗어나 이 순간 속으로, 현재 속으로, 가슴속으로 가라앉아 보라. 자기 자신에게 부드럽게 "아무것도 할 필요 없어. 이것으로 충분해. 나는 충분해."라고 말해 보라. 본성으로 되돌아가는 충만함과 평화를 느껴 보라.

모든 것에 감사하는 마음

수백 년 전 일본에서는 소노Sono라는 이름의 선사가 지혜로운 말로 널리 명성을 떨치고 있었다. 많은 이들이 지친 몸과 마음을 치유하기 위해 그녀를 찾았다. 하지만 그들의 고통이나 고뇌가 무엇이든 소노는 다음과 같은 간단한 치유책만 제시할 뿐이었다. "매일같이 이 만트라를 반복하세요. '모든 것에 감사합니다. 제게는 아무런 불평도 남아 있지 않습니다'라고요."

내 아들 나라얀Narayan이 사춘기에 접어들어 주변에 대한 불평과 불만에 사로잡혀 있을 때, 아들의 시야가 좀 더 넓어지길 바라는 마음으로 소노의 이야기를 들려주었다. 하지만 그러한 시도는 별다른 성과가 없는 듯했다.

몇 달 후, 치과 진료를 받으러 가는 동안 우리는 끔찍한 교통 체증 속에 갇히고 말았다. 차는 도로 한가운데서 꼼짝도 못했고, 시간은 계속 흘러가기만 했다. 운전대를 꽉 움켜쥐면서 나도 모르게 "이런, 젠장!"이라고 중얼거렸다.

그러자 나라얀이 뒷좌석에서 앞으로 몸을 수그리며 "엄마!" 하고 나를 쿡 찔렀다. 아이는 '딱 걸렸다'는 듯 우월감이 섞인 미소를 지으며 말했다. "모든 것에 감사합니다. 내게는 아무런 불평도 남아 있지 않습니다!" 그 후로 마음속에서 불만이 일어날 때면 소노의 지혜를 전해주던 나라얀의 장난스러운 목소리가 떠오른다.

두 번째 화살

붓다가 제자들을 향해 가르침을 펼쳤다. 붓다는 하던 일이 틀어졌을 때 스스로를 비난하고 비하하는 습관에 관해 그리고 그런 습관이 우리를 어떻게 고통으로 몰아넣는지 이야기했다. 붓다는 젊은 제자 한 명을 불러 "어떤 사람이 화살에 맞았다면 그는 고통을 느끼겠느냐?"라고 물었다. 제자는 이런 당연한 질문을 왜 하는지 모르겠다는 표정으로 "네, 그럴 것입니다."라고 대답했다.

붓다는 고개를 끄덕이고 나서 "그런데 그 사람이 다시 두 번째 화살에 맞는다면, 그는 더 심한 고통을 느끼지 않겠느냐?" 하고 물었다. 제자가 "네, 분명 그럴 것입니다."라고 대답했다. 그러자 붓다는 살면서 어려움을 겪는 건 자연스러운 일이며, 삶이 항상 우리가 원하는 대로 흘러가는 것은 아니라고 이야기했다. "우리가 항상 첫 번째 화살을 통제할 수 있는 건 아니다. 그런데 이미 일어난 일에 대한 반응으로 더 큰 고통을 느끼기도 한다."

붓다는 우리가 부당한 상황에 화를 내거나, 피해의식을 느낄

수도 있고, 자신을 제대로 돌보지 못했다는 사실에 스스로를
비난할 수도 있다고 덧붙였다. "이것이 바로 두 번째 화살이다.
자신을 향해 쏜 이 두 번째 화살이야말로 고통을 몇 배는 악화
시킨다. 결국 우리는 고통받는 자아와 같아질 뿐이다."

이 이야기에 등장하는 첫 번째 화살은 살면서 무언가 잘못되
었을 때 느끼는 불쾌한 감정이나 불안하거나, 화가 났을 때, 슬
픔이나 미움을 느낄 때 경험하는 감정적 고통을 의미할 수도
있다. 이때 자신을 비난하거나 비하한다면 우리는 두 번째 화
살을 쏘는 것이다. 화살을 쏘는 대신 자기 자신을 향한 자애를
일깨우고 수치심과 자기비판을 누그러뜨린다면 고통에서 해방
될 수 있을 것이다.

오늘의 명상
───────❧───────

내면에 불안이나 분노가 일어날 때, 자기비판과 비난이라
는 '두 번째 화살'을 쏘며 괴로워하는 대신 자애로운 마음
으로 불안과 분노를 감싸 안으려고 시도해 보라.

악마와 함께 살아가기

우리는 종종 고통스러운 감정이나 나쁜 습관과 싸움을 벌인다. 또한 이런 부정적인 감정이나 습관을 애써 밀쳐내고 부인하고 숨기고 교정하고 비난하려 한다. 하지만 이것은 대체로 질 게 뻔한 싸움이다.

12세기 티베트의 스승인 밀라레파Milarepa 역시 이런 싸움에 휘말린 적이 있다. 그는 산속 은거지에서 수년간 홀로 수행을 하면서 지냈는데, 어느 날 저녁 외출하고 돌아와 보니 은거지인 동굴 안이 악마들로 가득 차 있었다. 밀라레파는 이 악마들이 자기 마음을 투영한 존재라는 사실을 알았지만, 이해하는 것만으로는 공포와 두려움이 사그라들지 않았다. 그는 과연 어떻게 악마를 물리쳤을까?

우선 밀라레파는 악마들에게 종교적 진리를 가르치는 것이 도움이 될지도 모른다고 생각했다. 하지만 악마들은 그를 쉽게 무시해버렸다. 분노와 좌절감에 휩싸인 밀라레파는 악마들에게 달려들어 동굴 밖으로 밀어내려 했다. 하지만 밀라레파보다 훨씬 더 힘이 셌던 악마들은 그를 비웃기만 했다. 마침내 밀라레파는 악마들을 물리치길 포기한 채 바닥에 주저앉아 이렇게 말했다. "난 떠나지 않겠다. 하지만 너희들도 떠날 마음이 없어 보이니 그냥 여기서 함께 살자." 아마도 이것이 내면의 끈질긴 악마들에게 우리가 최종적으로 대응하는 방식일 것이다. 있는 그대로의 현실을 인정하고 그들과 함께 살아야 하는 걸 받아들이는 것이다.

그런데 놀랍게도 밀라레파가 저항을 멈추자 악마들이 하나둘씩 자리에서 일어나 동굴을 떠나버렸다. 단 한 마리만 예외였는데, 이놈이 가장 강력한 악마였다. 밀라레파는 자신을 악마한테 더 깊이 내맡기는 용기 말고는 할 수 있는 일이 아무것도 없다는 사실을 깨달았다. 그는 대장 악마한테 걸어가 그의 커다란 입속으로 자신의 머리를 집어넣으며 이렇게 말했다. "네가 그렇게 원한다면 날 잡아먹어도 좋다." 그 순간 악마는 흔적도 없이 사라져버렸다.

오로지 저항을 완전히 멈출 때만, 즉 판단하고 통제하고 긴장하고 회피하는 것을 완전히 그만두었을 때만 개방적이고 부드럽고 치유력 있는 현존에 도달할 수 있다. 이렇게 열린 부드러움 속에는 고통스러운 그림자가 뿌리를 내릴 곳이 없다. 자기방어 전략을 모두 내려놓았을 때, 비로소 내면의 악마는 힘을 잃는다. 저항이 사라지는 동시에 악마도 사라지는 것이다.

———— ⌘ ————

당신이 마주한 가장 강력한 악마는 무엇인가? 두려움인가? 수치심인가? 미움인가? 외로움인가? 만약 악마가 다시 찾아온다면 그때는 어떻게 할 것인가? 악마에게 저항하지 않고 모든 것을 내려놓는다는 건 무엇을 의미하는 것일까?

모든 것은 알맞은 자리에 있다

아쉬람Ashram(인도의 전통적인 암자 시설. 고행자들의 수도원 역할을 하며 구루가 제자들을 가르치는 학교의 역할도 한다-옮긴이)에서 생활하는 동안, 나는 이 집단을 이끄는 영적 스승에게 불신과 분노를 품었고, 순종적인 학생이 되지 못한 것에 대해 죄책감도 동시에 느껴야 했다.

아침에 모두 한자리에 모여 요가와 명상을 할 때도 이곳 공동체의 문제점만 생각하느라 마음속은 불만으로 가득 차 있었다. 하지만 다른 한편으로는 나의 부정적인 태도가 너무나 부끄러웠고, 주변과 어울리지 못하는 나 자신과도 힘겨운 싸움을 벌여야만 했다.

마음 한쪽에서는 '모든 걸 그냥 내버려 둬. 모든 느낌이 알맞은 자리에 있도록 내버려 두는 거야'라고 속삭였다. 그래서 부정적인 느낌이 일어날 때마다 속으로 이렇게 중얼거렸다. '이 느낌은 알맞은 자리에 있다. 이 분노도 알맞은 자리에 있고, 이 수치심도 알맞은 자리에 있으며, 이 외로움도 알맞은 자리에 있다.' 어떤 느낌이 들어도 나는 '이것 또한 알맞은 자리에 있다'고 생각했다.

이런 생각이 타인에 대한 분노나 부정적인 판단이 무조건 진실하다는 의미에서 비롯한 것은 아니다. 또한 자신 안의 감정이 전하는 메시지를 무시하라는 의미도 아니다. 단지 그 순간 내 마음의 바다에서 일어나는 모든 물결이 알맞은 자리에 있다는 사실을 인정했던 것뿐이다. 파도 역시 삶의 한 부분이라는 사실을 받아들인 것이다.

그러자 내면에서 심오한 변화가 일어났다. 더는 물결을 가로막으려 애쓰지 않고, 물결이 그 자리에 있도록 허용하는 것만으로도 긴장을 풀고 마음을 열 수 있었다. 나는 바다였고, 물결은 전부 내 안에 있었다. 물결 하나하나가 아닌 바다 전체를 바라보면서 내 삶에 온전히 참여하고 있다는 감정을 되찾을 수 있었다.

이런 태도는 감정에 담긴 메시지에 귀 기울이는 것을 막지도, 아쉬람을 떠나는 것을 방해하지도 않았다. 이처럼 '받아들이는 태도' 덕분에 피해의식에 사로잡혀 충동적으로 반응하는 대신 분별력 있는 현존을 유지할 수 있었다.

고통스러운 느낌을 불러일으키는 사건이 일어났을 때, 당신이 그 느낌에 저항하는 대신 '모든 것이 알맞은 자리에 있다'고 인정한다면 어떻게 될까? 고통이나 괴로움, 미움, 분노조차 삶의 한 부분으로 받아들이는 태도가 문제를 보다 현명하게 해결할 수 있도록 돕고, 더욱 창의적이고 깨어 있는 방식을 일깨워주는 건 아닌지 직접 경험해 보라.

분노를 온전히 받아들인다는 것

2003년 미군의 주도하에 이라크 공습이 감행되기 전 몇 주 동안 나는 점점 마음이 동요되는 것을 느꼈다. 신문의 머리기사는 이라크 공습을 기정사실로 보도했다. 신문을 펼칠 때마다 전쟁의 북을 두드리는 정치가들을 향한 분노와 적개심이 끓어올랐다. 신문 1면에서 그들의 사진을 보는 것만으로도 화가 치밀어올랐다.

그즈음 나의 책《받아들임(Radical Acceptance)》이 막 출간되었고, 이 책을 읽은 학생들은 내게 수용과 사회운동이 어떻게 조화를 이룰 수 있는지 물었다. "어떻게 '받아들임'을 실천하면서 동시에 변화를 추구할 수 있나요?" "불의를 목격하고도 어떻게 가만히 앉아만 있을 수 있나요?" 학생들의 질문을 곱씹으면서 내가 느끼는 타인에 대한 적대감 또한 다른 형태의 폭력이 될 수 있음을 깨달았다. 그렇지만 나는 계속해서 세상에 관심을 기울여야 했다. 무언가를 해야 했고, 어떤 대응이라도 취해야만 했다.

신문 읽기를 그만둘 생각이 없었기에 나는 기사 하나하나를 명상의 대상으로 삼기로 했다. 매일 아침 신문을 집어 들고 머리기사를 확인하고 나서 기사를 몇 줄 읽어 내려가다 멈추곤했다. 분노에 찬 생각이나 느낌이 내 몸과 마음속을 흘러 다니도록 허용했고, 그런 감정과 생각을 부인하거나 그 속으로 휩쓸리지 않은 채 나의 반응을 있는 그대로 바라보았다.

내 안에서 느껴지는 강렬한 분노를 차분히 바라보니 그 속에는 세상을 향한 두려움도 존재한다는 사실을 알 수 있었다. 두려움을 향해 마음을 열어감에 따라 전쟁에 뒤따르는 고통과 참상에 대한 깊은 슬픔을 느꼈다. 그리고 슬픔은 이내 전쟁으로 피해를 입을 수 있는 모든 존재(인간과 동식물 등)를 향한 배려심으로 바뀌었다.

수차례 신문을 읽으며 명상을 한 뒤 워싱턴에서 열린 반전 시위에 참석할 기회를 얻었다. 그 자리에는 각 종파의 성직자와 노벨상 수상자, 사회 원로 등도 있었는데, 우리는 이라크와 미국의 군인 및 그 가족들처럼 전쟁으로 직접적인 피해를 받은 모든 이들을 향한 배려심을 드러내며 평화롭게 체포되었다. 우리는 곧 닥쳐올 엄청난 고통과 고뇌를 연민으로 감싸 안았다. 우리는 가슴속에 폭력이 아닌 평화를 품고 있었다.

분노와 좌절을 '받아들임'으로 감싸 안으니 배려심이란 선물
을 얻을 수 있었다. 지금 이 순간, 내면에서 일어나는 일을 그대
로 받아들이는 것은 결코 수동적인 행동이 아니다. 오히려 '받
아들임'은 온전히 깨어 있다는 느낌과 함께, 우리가 깊은 자애
와 지혜를 방패로 삼아 세상과 맞설 수 있도록 도울 것이다.

오늘의 명상

어떤 상황에서라도 분노를 느낄 때면 잠시 멈추고 그 강
력한 생각과 느낌을 그대로 바라보자. 그런 다음 무슨 일
이 벌어지는지 지켜보라. 당신은 분노 아래 놓여 있는 두
려움이나 상처를 감지할 수 있는가? 그리고 그 아래에서
배려심과 부드러움, 취약함을 느낄 수 있는가?

한계에 도달해 마음을 누그러뜨리다

내가 할 수 있는 모든 일에 최선을 다하자는 마음으로 학생들을 가르치고, 책을 집필하고, 영적 훈련을 거듭하는 생활을 이어가던 어느 날, 내 몸이 무너져 내리고 말았다. 결국 팔에 링거를 꽂은 채 병원 침대에 누워 있는 신세가 되었다.

병원에서 보낸 첫날은 외로움과 무력감에 뜬눈으로 밤을 지새웠다. 상황이 얼마나 더 나빠질까? 다시 가르칠 수 있을까? 글쓰기는 할 수 있을까? 다시 컴퓨터 앞에 앉아 일을 할 수 있기나 할까? 앞으로 내가 의지할 수 있는 게 대체 뭐가 있을까? 이런 생각이 꼬리에 꼬리를 물었다. 내 삶이 손을 쓸 수 없을 정도로 망가진 것 같았다. 모든 것이 너무 연약하고 통제 불능인 것처럼 느껴졌다.

그때 한 티베트 스승의 말이 떠올랐다. 그는 영적 훈련의 본질이 '자신의 한계에 도달해서 마음을 부드럽게 누그러뜨리는 것'이라고 말한 바 있다. 병원에 있는 동안 나는 나의 한계 지점에 도달해 두려움과 외로움, 좌절감을 마주했다. 이런 상황에서 어떻게 마음을 누그러뜨릴 수 있을까? 나는 두려움과 고통

을 느끼는 한계 지점으로 다가가 그곳에서 마음을 누그러뜨려 보자고 스스로를 부드럽게 격려했다.

내가 두려움을 향해 마음을 열자 깊고 날카로운 슬픔이 솟아올랐다. 마치 슬픔의 블랙홀 속으로 빨려 들어가는 기분이었다. '어쩌면 죽음이 이런 느낌일까?'라는 생각과 함께 지금까지의 삶이 더는 불가능할지도 모른다는 좌절감이 온몸을 휩쓸었다.

"그냥 거기 가만히 머물러 있어." 나는 슬픔이 내 몸을 휘감는 동안 흐느껴 울면서 나 자신에게 말했다. 두 손을 가슴에 얹은 채 "사랑하는 타라야, 그냥 마음을 누그러뜨려. 놓아 보내. 괜찮아."라고 반복했다. 고통이 깊어질수록 내면의 목소리는 그만큼 더 부드러워졌다. 완전한 항복이 잇따랐고, 한계 지점에서 일어난 그 심오한 '놓아 버림'과 함께 나의 내면에는 순수한 사랑으로 가득 찬 공간이 솟아올랐다.

'사랑하는 타라야, 그냥 마음을 누그러뜨려'라는 말은 병원에 있는 동안 나의 만트라Mantra(다른 사람에게 은혜와 축복을 주고, 자신의 몸을 보호하고 깨달음의 지혜를 얻기 위한 말-옮긴이)가되었다. 그 후로 다행히 건강을 회복했지만, 여전히 다가올 일들을 근심하고 실패를 두려워하는 나의 연약한 모습을 마주하곤 한다. 그럴 때마다 한계 지점에 도달했다는 사실을 인정하고, 마음을 누그러뜨리라고 부드럽게 이야기한다. 앞날에 대한 두려움을 인정하면 신기하게도 삶에 대한 더 깊은 신뢰가 일어난다. 삶이 우리에게 무엇을 가져다주든 우리는 한계 지점으로 다가가 마음을 누그러뜨리는 훈련을 할 수 있다.

오늘의 명상

내면의 한계 지점에 도달했다면, 당신이 느끼는 두려움이나 슬픔, 비통함을 향해 자신을 열어젖히고 한계 지점으로 다가가 마음을 누그러뜨리는 훈련을 해보라. 스스로 한계 지점으로 걸어가 모든 걸 놓아버린 후, 어떤 변화가 일어나는지 지켜보라.

실패한 전략이 안겨준 선물

내가 가장 좋아하는 훈련은 다른 사람의 선함을 발견하는 일에
의도적으로 초점을 맞추는 것이다. 이 훈련을 제대로 하려면
눈앞에 누가 있는지 진실한 마음으로 보아야 한다. 책을 출간
할 때마다 열리는 '출간 기념 사인회'는 이 훈련을 할 수 있는
가장 좋은 기회다. 책의 앞면을 펼친 채 다정한 메시지를 기다
리는 사람들과 인사를 나누는 순간, 나는 잠시라도 내 앞에 서
있는 이의 선함을 느끼기 위해 집중한다.

출간 기념 사인회를 찾은 이들 중에는 이전에 몇 번 만난 적
이 있는 사람도 많았다. 그들이 털어놓았던 어려움이나 관심사
등은 얼굴만 봐도 선명하게 떠오르는데, 이상하게도 그들의 이
름은 잘 생각나지 않아 애를 먹곤 했다.《호흡하세요 그리고 미
소 지으세요(True Refuge)》를 출간했을 때도 누군가가 책을 건네
며 사인을 요청할 때, 이름을 기억해 내지 못할까 봐 두려웠다.

결국 나는 "이름의 스펠링이 어떻게 되나요?"라는 질문을 던
지는 다소 정직하지 못한 전략을 쓰기 시작했다. 스펠링에 취
약한 것 정도는 괜찮지만, 상대방의 이름을 통째로 잊어버리는

건 문제가 된다고 생각했기 때문이다.

　이날도 수년간 알고 지낸 사랑스러운 한 여성이 내게 책을 내밀었는데, 그녀의 이름을 도저히 기억해 낼 수 없었다. 결국 스펠링 전략을 구사하기로 한 나는 아무것도 모르는 체하면서 "이름의 스펠링이 어떻게 되나요?"라고 물었다. 그러자 그녀는 잠시 멍한 표정을 짓더니, "제이J-에이A-엔N-이E요."라고 말했다. 망했다. 우리는 함께 웃음을 터뜨렸고, 나는 이름과 관련한 내 문제를 솔직히 털어놓았다.

　"저는 항상 밥Bob이라는 이름의 누군가가 다가와 사인을 요청할 때 '이름의 스펠링이 어떻게 되나요?'라고 물을까 봐 걱정했어요." 우리는 함께 깔깔 웃었지만, 나는 여전히 그녀의 이름을 잊어버린 것에 죄책감을 느꼈다. 그래서 애정이 듬뿍 담긴 글로 실수를 보상해야겠다고 생각하면서 책을 펼쳤다. 그리고 미처 그녀의 이름을 생각하기도 전에 '사랑하는 밥에게'라고 쓰고 말았다.

　그날 이후 그녀는 내게 보내는 이메일 끝에 항상 '사랑하는 밥Bob 드림'이라는 서명을 남겼으며, 나는 그녀의 메일을 볼 때마다 웃음을 터뜨리곤 한다. 나는 실패한 전략에서 선물을 얻었다. 기억력 문제를 해결하기 위해 애써 머리를 굴렸지만 결국 들켜버리고 말았고, 솔직한 분위기 속에서 우리는 더 가까워질 수 있었다.

어떤 상황에서 두려움을 느끼거나 부적절하다는 기분이 들 때, 내면의 통제자가 나서 정직하지 못한 전략을 쓰라고 유혹할 수도 있다. 하지만 그러는 대신 우리가 자신의 불완전함을 온전히 받아들이고 인정할 수 있다면 얼마나 마음이 놓이겠는가? 나는 사인회를 시작할 때마다 밥Bob 아니 신God께 이렇게 기도드린다.

"제가 진실할 수 있게 하소서."

오늘의 명상

자신의 취약하거나 부적절한 모습을 숨기기 위해 가식이나 겉치레에 의존한 적 있는가? 그럴 때 자신을 내려놓고 '진실하게' 행동한다면 어떤 기분이 들까? 어떤 결과가 뒤따를까?

죄책감 대신 공감 어린 슬픔으로

지난 3년 동안 나는 나와는 다른 정체성을 지닌 사람들의 삶을 더 잘 이해하기 위해 작은 명상가 집단에서 활동했다. 흑인, 황인, 백인, 트랜스젠더, 동성애자, 이성애자 등 다양한 사람들이 모여 여정을 함께하기로 했다.

처음 몇 달 동안은 각자가 사회의 주류 혹은 비주류 구성원으로서 겪은 일들을 공유했다. 그중 사회에서 소외되었던 이들은 사람들에게 무시와 멸시를 당하거나 곤욕을 치렀던 경험을 털어놓았다. 한 흑인 여성은 자신의 아버지가 정당한 이유도 없이 경찰의 의심을 받고 모욕당하는 것을 목격했던 어린 시절의 경험을 이야기했다. 한 흑인 어머니는 십대 아들이 조금이라도 집에 늦게 돌아올 때마다 무슨 일이라도 생긴 건 아닌지 두려움을 느낀다고 말했다. 한 게이 남성은 어린 시절에 끊임없이 주변 사람들에게 괴롭힘을 당한 경험을 자세히 묘사했으며, 한 트랜스젠더 참가자는 수년 동안 부모에게 자신의 정체성을 숨겨야 했던 고통스러운 경험을 털어놓았다.

그들이 서로의 취약함을 공유하며 친밀감을 느끼는 모습을 보면서, 내가 비교적 안전하며 특권을 가진 백인 집단에서 살아왔다는 사실을 점점 더 뚜렷하게 의식할 수 있었다. 지난 수십 년 동안 성 정체성이 색다른 친구 혹은 이웃과 관계를 맺은 적은 있지만, 나의 세상(이웃, 직장, 사교 모임)에서 유색인종은 거의 전무하다시피 했다. 이런 이유로 백인 여성으로서의 나의 경험을 이야기하거나 인종차별을 겪은 사람들에게 공감을 표하려 할 때마다 혹여나 실수를 저지를까 전전긍긍하며, 어색하게 주변의 시선을 의식해야 했다. 결국 나는 매번 모임을 마칠 때마다 아웃사이더가 된 듯한 기분을 느꼈다.

우리 집에서 열린 모임은 특히 더 불편했다. 나는 백인이라는 이유만으로 방어적인 죄책감을 느껴야 했다. 동료들이 모두 떠나고 나서 모임의 온기를 그대로 간직한 방에 머물며 내가 느끼는 감정을 이해하려고 노력했다. 얼마 지나지 않아 마치 내가 나쁜 사람이라도 된 것만 같은 통렬한 감정과 마주하게 되었다. 나는 백인이고, 다른 사람들에게 고통을 가하는 인종에 속했다. 모임의 많은 사람들이 나를 '나쁜 타인'으로 여길 것만 같았다. 이런 생각 때문인지 백인들이 흑인들에게 수세기에 걸쳐 가해온 트라우마에 대한 자각이 압도적인 중압감으로 다가왔다. 나는 이 문제의 일부였을 뿐만 아니라, 피해를 당한 이들의 상처를 치유하는 데 필요한 관심조차 제대로 기울이지 못했다.

나는 가슴 깊은 곳에 자리 잡은 죄책감을 끌어안으면서 '나쁜 사람'이라는 감정을 향해 몸과 마음을 열었다. 그러자 가슴과 복부 부근에서 약간 불안하고, 무겁고, 쓰라린 통증이 느껴지다 차츰 무기력감과 좌절감으로 변해갔다. 고통의 중심부로 점차 이동해 들어감에 따라 모임에서 따로 떨어진 듯한 날것 그대로의 고통과 함께 그곳에 진심으로 소속되고 싶다는 원초적인 갈망이 솟아나는 것을 느낄 수 있었다.

그런 갈망이 점점 더 통렬하고 강력해짐에 따라 내 안에서 무언가 와르르 무너지면서 갑작스럽게 다른 통로가 열리는 것 같았다. 나는 인종차별의 폭력과 공포에 비통함을 느꼈고, 내 마음은 고아가 된 흑인 노예의 아이들, 지금도 여전히 감금과 박해, 억압의 대상인 흑인들의 이미지로 가득 채워졌다. 그러고 나서 백인들에게서도 크나큰 슬픔을 느꼈다. 다른 인종을 침탈하는 동안 우리의 가슴과 의식은 얼마나 무뎌지고, 둔감해지고, 방어적으로 변한 것일까? 우리는 어쩌다 이렇게 분열되고 제한된 세계 속에 갇혀버린 것일까?

마음이 고요해짐에 따라 나는 사실 '나쁜 자아(Bad Self)' 같은 건 없으며, 단지 수세기에 걸친 인종차별을 통해 형성된 백인 집단과의 동일시만 존재한다는 사실을 분명히 알아차렸다. 이 사회에 속한 다른 사람들과 마찬가지로 나는 인종적 계급 체계의 메시지와 그 체계를 지탱해온 우열 구분을 내면화해왔다. 하지만 그런 신념이나 느낌을 나 자신과 동일시할 필요는 없었다. 그 대신 다정하게 열린 자각 속에 머물면서 문제를 개인적으로 받아들이는 데서 오는 판단이나 자기혐오를 지울 수 있었다. 슬픔은 내 가슴을 열어 주었고, 상처로 얼룩진 세상을 연민으로 감싸 안을 수 있게 했다.

그날 저녁의 경험으로 모임에서 느끼는 나의 정체성도 점차 변해갔다. 나는 백인으로서 느끼는 취약성(죄책감과 방어적 태도)을 더욱 명료하고 친절하게 바라보고 알아차릴 수 있었다. 죄책감은 여전히 고통스러울 만큼 현실적이었지만, 더는 개인적인 것만으로 느껴지지 않았다. 죄책감은 이내 비통함과 공감 어린 슬픔으로 변해갔다. 이 같은 전환은 내 가슴에 애정 어린 유대감을 불러일으켰고, 온갖 종류의 인종차별에 맞서겠다는 결심 또한 확고해졌다.

나는 우리 모두 가슴을 열어젖히고 수세기 동안 우리를 괴롭혀온 이 엄청난 상처를 돌볼 수 있기를 그리고 모두가 배려심을 품고 세상을 치유하는 일에 적극 참여할 수 있기를 기도한다. 이런 태도는 영적 여정의 핵심적인 부분이자 사랑에 기초를 둔 삶으로 향하는 관문이기도 하다.

오늘의 명상

인종차별에서 비롯한 고통은 당신의 삶과 마음에 어떤 식으로 영향을 미쳤는가? 당신은 언제 그리고 어떻게 '인종 간의 차이'를 처음으로 자각했는가? 인종의 우열을 나누는 행위가 당신과 다른 사람들을 어떻게 분리해왔는가? 어떤 마음가짐을 지녀야만 세상을 바로잡는 일에 도움이 될 수 있을까?

당신이 누구인지 깨닫길 바란다면, 살아 있는 모든 존재를
당신보다 더 낫다거나 못하다고 판단하지 마라.
당신이 무심코 누군가의 우열을 비교하며 서열을 매기려 한다면,
그 생각을 믿지 마라! 비교와 판단, 서열을 놓아버리는 순간
우리는 살아 있는 모든 존재와 일체감을 느끼면서
생명에 대한 경외심을 품을 수 있다.

진실을 말하고 받아들이기

조나단과 결혼할 당시, 우리는 결혼 서약문에 라이너 마리아 릴케의 시를 인용하기로 했다.

제 안의 어떤 곳도 닫혀 있지 않게 하소서.
닫혀 있는 곳에서 저는 거짓되기 때문입니다.
저는 당신 앞에서 진실하고 싶습니다.[1]

우리의 결혼 서약을 위협하는 가장 큰 문제는 결혼식을 올린 지 2년밖에 되지 않았을 무렵 처음 찾아왔다. 나는 갑작스러운 만성질환을 앓았는데, 이 병 때문에 조나단과 함께 즐겨온 많은 활동(등산, 자전거, 수영, 파도타기 등)을 포기하게 될 것이 분명했다. 건강하고 활력 넘치는 조나단과 달리 점점 쇠약해지며 매력을 잃어가는 내 모습을 상상할 때마다 불안의 늪 속으로 점점 깊이 가라앉는 것만 같았다.

몇 주 동안 나는 이런 기분을 숨기려 애를 썼다. 조나단이 나의 수치심과 불안을 감지하는 것 역시 견딜 수 없었기 때문이다. 하지만 이런 감정을 혼자서만 품고 있다 보니 더욱 우울하고 고립되는 것만 같았다. 이런 내 모습에 조나단도 혼란을 느끼며 불편해 한다는 걸 알고 있었지만, 나는 여전히 마음을 닫은 채 혼자만의 세계에 갇히고 말았다.

그러던 어느 날 마침내 이 문제에 관해 남편과 대화를 나누기로 결심했다. 평소 조나단은 "여보, 이야기 좀 해."라는 말을 들으면 '아, 난 이제 죽었다! 내가 또 뭘 잘못했지?'라고 느낀다는 사실을 솔직히 인정하곤 했다. 하지만 그날은 나의 태도가 평소와는 좀 다르다고 느낀 건지, '좋은 청취자'가 되어 내 이야기에 끝까지 귀를 기울여주었다. 그는 내가 하고 싶은 말을 모두 쏟아내도록 격려했다. 그런 다음 내 말을 충분히 알아들었다는 의미로 내가 한 말을 다시 되풀이해서 들려주었다.

나는 남편이 병약하게 늙어가는 여성을 떠안고 살게 될지도 모른다는 것과 상황이 지금보다 훨씬 더 나빠질 수도 있다는 사실을 두려워했다. 그런데 이런 말을 들은 조나단은 나를 향한 자신의 사랑이 등산이나 파도타기 같은 활동과는 전혀 무관하다는 사실을 분명하고도 친절하게 설명했다. 그는 우리가 함께해온 다양한 활동이 아니라 나와 함께하는 것 자체를 소중히 여긴다고 말했다.

나는 조나단이 침울한 내 모습을 보면서 느끼는 두려움과 무기력감에 관해 그리고 그런 모습이 그를 얼마나 외롭고 고통스럽게 했는지 생생하게 들을 수 있었다. 내가 그의 취약한 부분에 부드럽게 귀를 기울임에 따라 그도 마찬가지로 이해받고 사랑받고 있다는 기분을 느낄 수 있었다고 한다.

시인 에이드리언 리치Adrienne Rich는 "고결한 인간관계, 즉 두 사람 사이에 '사랑'이라는 단어가 오가는 관계는, 서로에게 털어놓을 수 있는 진실의 깊이를 심화해 나가는 과정이다. 이런 관계를 맺는 것이 중요한 이유는 그것이 인간의 자기기만과 고립감을 허물어주기 때문이다."[2] 라고 말했다.

솔직하게 의사소통하는 법을 끊임없이 훈련함에 따라 조나단과 나는 자신의 약한 모습을 드러내는 것이 아무리 불편하고 두려워도 기꺼이 위험을 무릅쓰는 편이 항상 더 나은 결과를 불러온다는 사실을 거듭 확인할 수 있었다.

우리가 각자 분리된 존재라는 생각은 인간의 가장 뿌리 깊은 고정관념 중 하나이자 고통의 원천이기도 하다. 자신의 무가치감이나 열등감을 숨기려고만 하면 다른 사람들과 분리되어 있다는 고립감은 오히려 더 강해진다. 하지만 자신의 취약성을 드러내는 위험을 기꺼이 무릅쓴다면 혼자가 아니라는 사실을 자각할 수 있는 기회도 늘어날 것이다. 그렇게 우리가 서로에게, 자신에게 그리고 우리가 함께하는 이 세상에 소속되어 있다는 사실을 깨달을 수 있다.

오늘의 명상

당신이 숨기고 있는 가장 약한 모습은 무엇인가? 당신은 소중한 사람과의 관계에서 모든 것을 드러내는 위험을 감수할 수 있는가?

'문제'라고 말하지 않는 것

조셉 골드스타인Joseph Goldstein은 내 첫 번째 위파사나 명상 (Vipassana Meditation, 통찰 명상, 마음챙김명상이라고도 부르는 불교의 명상법-옮긴이) 지도자였는데, 그가 했던 말이 지금도 종종 떠오른다. "문제가 있다는 생각이 들 때마다 저는 그것이 문제가 아니라고 판단합니다." 이 간단한 지침이 일상의 수많은 상황에 도움이 된다는 사실을 많은 경험을 통해 깨달았다.

어떤 상황에 '문제'라는 꼬리표를 붙일 때마다 우리는 쉽게 '부정적인 감정'에 사로잡히고 만다. 마음은 경직되고, 오직 한쪽의 관점에서만 상황을 바라보기 때문이다. 하지만 부정적인 프레임을 놓아버리는 순간, 이전과는 다른 시각으로 세상을 바라볼 수 있다. 또한 눈앞에서 벌어지는 일을 이해하는 새로운 열쇠를 움켜쥘 수 있다.

몇 년 전, 내 형제자매들은 부모님께 물려받은 재산을 나누는 문제로 위태로운 상황에 놓인 적이 있다. 우리는 각자 자신만의 관점에 사로잡혔고, 모두 하나같이 '이거 정말 큰 문제구나' 하고 생각했다.

그즈음 나는 집중명상에 참여할 기회를 얻었다. 명상실의 고요함 속에서 문득 조셉의 말이 떠올랐다. 우리 형제자매들이 처한 상황에 관해 생각하다가 나 자신에게 "이 일이 문제라는 생각은 이제 그만해야겠어. 복잡하고, 어렵고, 불쾌하긴 하지만 문제는 아니야!"라고 말했다.

그러자 변화가 일어났다. 눈앞에 맞닥뜨린 상황을 문제가 아니라고 판단하는 것만으로도 마음에 약간의 여유 공간이 생겼고, 상황을 좀 더 수월하게 다룰 수 있는 지혜가 샘솟았다. 집중명상을 마쳤을 때 나는 한결 차분하고 개방적인 마음으로 가족들을 마주할 수 있었다.

눈앞에 닥친 시련에서 '문제'라는 꼬리표를 떼어내는 일은 고통을 외면하면서 눈을 가리는 현실도피가 아니다. 또한 상황을 해결하는 게 쉽지 않다는 사실을 부인하는 전략도 아니다. 도리어 상황이 달라지길 바라면서 거기에 '나쁨'이나 '틀림'이란 꼬리표를 붙이는 대신, 눈앞에서 벌어지는 일을 좀 더 명료한 시각으로 바라볼 수 있게 하는 전략이다. 모든 고통스러운 뒤얽힘을 거부감 없이 있는 그대로 바라볼 때 비로소 통찰을 향한 문을 열 수 있다는 점을 기억하자.

혹시 곤란한 상황이나 도전적인 상황에 직면해 있는가?
그런 상황을 '문제'라고 부르기를 그만둔다면, 당신의 마
음속에 어떤 가능성이 새롭게 펼쳐질지 생각해 보라.

나도 괜찮고 당신도 괜찮아

조나단과 나는 일주일에 두 번 이상 아침 명상을 한다. 명상은 우리 부부가 함께하는 여러 활동 중 하나다. 이 시간은 조나단과 내가 감사할 만한 일, 의논해야 할 일 등을 점검하는 기회이기도 하다. 우리는 "지금 당신과 나 사이의 유대를 가로막는 무언가가 있는가?"와 같은 질문을 던지면서 두 사람의 관계를 되돌아보는 것으로 명상을 마무리한다.

어느 날 아침, 함께 담소를 나누던 조나단은 마지막 점검을 잊어버린 채 자리에서 일어섰다. 나는 이 무렵 약간의 불만을 느꼈는데, 남편보다 내가 '우리 사이에 무언가가 있는가?'라는 질문에 더 많은 관심을 두고 있다는 느낌을 받았기 때문이다. 우리가 함께 돌아볼 문제가 있는지 이야기하길 원하는 사람은 나 혼자뿐인 것만 같았다. 남편은 이 점검 작업에 기꺼이 응하긴 했지만, 그다지 흥미는 없는 것처럼 보였다.

그날 아침 우리 사이에 별다른 화젯거리는 없었지만, 나는 며칠 전부터 불만이 있었던 만큼 남편을 다소 곤혹스럽게 만들고 싶었다. 그래서 "우리 관계는 요즘 어떤 것 같아?"라고 물었다. 분명 나는 긍정적이고 우호적인 방식으로 질문을 던졌고, 친절하게 "우리가 함께 관심을 기울여야 할 무언가가 있을까?"라고 덧붙여 말했다.

그런 뒤 자리에 앉아 그의 반응을 기다렸다. 조나단은 내가 마음속에 무언가 품고 있다는 사실을 알아차리고는 안절부절 못하기 시작했다. 그는 자기가 뭔가를 잊은 건 아닌지 그리고 내가 그 문제를 걸고 넘어지는 건 아닌지 불안해 했다. 그는 내가 힌트를 줄지도 모른다는 기대감 어린 눈빛으로 한참 동안 나를 바라보았지만, 나는 입을 다문 채 가만히 앉아 있기만 했다. 그러자 그는 '이런! 뭔가 정말 잘못됐나 봐'라는 눈빛으로 나를 바라보았다.

잠시 후 그의 얼굴에 장난기가 돌았다. 그는 아이폰을 꺼내 스크린을 몇 번 두드리더니 "시리야, 아내가 '우리 관계는 어때?'라고 물으면 어떻게 대답해야 하니?"라고 물었다. 얼마 지나지 않아 우리는 시리의 멋진 답변을 들을 수 있었다. 시리는 "'나도 괜찮고, 당신도 괜찮아. 우리는 지금 최상의 상태에 있어'라고 말하세요."라고 대답했다. 이런 상황에서 내가 무엇을 할 수 있겠는가? 우리는 한바탕 크게 웃고 나서 함께 산책을 나

갔다.

일단 밖으로 나오자 남편의 태도에 대한 나의 반응이 수동적인 공격 행위였다는 사실을 인정해야 했다. 내 행동은 결코 좋은 의도에서 비롯한 것이 아니었다. 사실 나는 남편을 불편하게 만들고 싶었다. 하지만 이런 마음을 솔직하게 인정함으로써, 우리 부부는 서로간의 신뢰를 더욱 돈독히 할 수 있었다. 또 우리 사이를 가로막는 장애물을 탐색하려는 의지 또한 북돋울 수 있었다. 게다가 우리 사이에 정말 문제가 있는지와는 상관없이 대화가 중단될 때마다 시리에게 의지할 수 있다는 새로운 사실도 알게 되었다.

오늘의 명상

───◈───

사랑하는 누군가와 불화를 겪을 때 시리에게 도움을 청해 보는 건 어떨까? 때로는 문제를 정면 돌파하는 것보다 에둘러 가는 게 효과적일 수도 있다.

무엇을 훈련할 것인가

당신이 걱정이나 비난에 익숙한 사람이라면, 몸과 마음의 경로가 계속 그쪽으로만 발달하면서 습관으로 굳어질 것이다. 이런 태도는 당신을 작고, 비좁고, 불안정한 자아 속에 가두고 말 것이다.

당신이 감사와 호기심, 긍정을 연마한다면 자아의 투과성이 점점 높아지면서 근본적인 선함의 빛이 새어나올 것이다. 당신이 무엇을 훈련할지는 자신의 선택에 달려 있다. 지금부터라도 비난과 걱정 대신 감사와 호기심, 긍정을 연마하는 쪽을 선택해 내면의 황금이 빛을 발하도록 하는 건 어떨까?

사실이지만 진실은 아니다

티베트의 스승인 촉니 린포체Tsoknyi Rinpoche는 '사실이지만 진실
은 아니다.'라고 말했다. 이 말은 우리가 경험하는 생각과 느낌
이 사실이기는 하지만, 거기에 담긴 메시지와 그에 대한 해석
은 진실이 아니라는 의미다. 우리의 생각과 이해는 실재에 대
한 주관적 해석에 지나지 않는다. 또한 생각은 종종 불안을 통
해 자극받거나 우리를 고통으로 이끄는 왜곡된 신념으로 변형
되기도 한다.

짜증이나 근심, 우울감 같은 부정적인 기분에 사로잡힐 때마
다 '나는 무엇을 믿고 있는가?'라는 질문을 던지면, 내가 결핍
감이나 무가치한 느낌에 사로잡혀 있다는 사실을 자각할 수 있
다. 그러면 나는 '사실이지만 진실은 아니다'라는 문구를 떠올
린다. 그렇다. 생각과 느낌은 분명한 사실이다. 하지만 나에게
무언가 잘못된 것이 있다는 신념이 정말 진실일까? 단순히 이
질문을 던지는 것만으로도 신념이 흔들리기 시작한다. 또한 비
좁고 두려움에 찬 생각 주변으로 공간이 형성되면서 다시금 조
화로운 현실 감각을 되찾게 된다.

매일, 무슨 일이 있더라도

아쉬람에서 생활하던 12년 동안 나는 하루도 빠짐없이 명상을 했다. 명상은 내 삶의 리듬과도 같았다. 아쉬람을 떠나고 나서는 꾸준히 명상하기가 쉽지 않았지만, 매일 짧게라도 시간을 내기 위해 애를 썼다.

그런데 아들인 나라얀이 태어나자 일과를 예측하기가 불가능해졌다. 온종일 갓 태어난 아기의 요구에 응하다 보면 완전히 진이 빠졌고, 침묵 속에 고요히 앉아 있기는 커녕 샤워할 시간을 내기조차 쉽지 않았다.

며칠째 수면 부족에 시달리던 어느 날 아침, 남편 조나단이 꼭 필요한 물품을 잊어버리고 사오지 않았단 사실을 알게 되었다. 나는 해야 할 일이 또 생겼다는 생각에 압도당한 나머지 남편에게 차갑게 쏘아붙이고 말았다. 그러자 남편은 "당신 아무래도 시간을 좀 내서 명상을 하는 게 좋을 것 같아."라고 말했다. 나는 즉시 아기를 남편에게 맡기고는 나만의 작은 성소로 달려갔다. 그리고 자리에 앉자마자 울음을 터뜨렸다.

나는 잠시나마 이렇게 나 자신을 되찾는 간단한 행위를 너무나 그리워했다. 시인 잘랄루딘 루미Jelaluddin Rumi의 표현처럼 '나 자신을 정기적으로 방문하는 일'을 간절히 원했던 것이다.[3]

자리에 앉아 숨을 고르고, 창문을 통해 햇살이 쏟아지는 것을 느끼고, 남편이 나라얀에게 부드럽게 이야기를 건네는 소리를 들으며 맹세했다. 무슨 일이 있어도 매일 고요히 앉아 내면에서 일어나는 일들을 지켜보는 시간을 갖고야 말겠노라고. 장소나 시간 같은 건 중요하지 않았다. 그저 '매일 한다'는 사실이 가장 중요했다.

나는 이 서약을 지금까지도 소중히 지키고 있다. 대체로 아침에는 30~45분 정도 명상을 하고, 저녁에는 아침보다 약간 짧은 시간을 갖는다. 나라얀이 어렸을 때는 하루에 몇 분도 시간을 내기가 쉽지 않았다. 그래서 가끔 잠자리에 들기 바로 전에 침대에 걸터앉아 3분 정도 내 안을 흘러다니는 감각이나 느낌과 함께 조용히 머무르곤 했다. 짧은 시간이지만 그 순간은 소중했고 효과 또한 명료했다.

매일, 무슨 일이 있더라도 자신의 마음을 들여다 보는 시간을 가진다면 이것은 당신이 자신의 영혼에게 보낼 수 있는 가장 소중한 선물이 될 것이다. 선불교의 스승인 스즈키 로시 Suzuki Roshi가 말했듯이 '가장 중요한 것은 가장 중요한 것을 기억하는 것'이다. 단지 현존하기 위해 매일 멈추다 보면 그 능력이 점점 커지다가 결국 당신 주변에는 일상의 매 순간 당신을 현존으로 끌어들이는 하나의 중력장이 형성될 것이다.

Love

사랑

모든 치유는 우리 내면의 가장 고통스럽고
수치스러운 부분까지 감싸 안는 것에서부터 출발한다.
자신을 향한 자비는 자연스럽게 다른 사람들을 향한
돌봄으로 이어지며, 모든 생명체를 향한
조건 없는 드넓은 사랑으로 연결된다.

사랑은 항상 당신을 사랑한다

'사랑은 항상 당신을 사랑한다'는 말은 수년간 내 마음에 큰 울림을 주었지만, 이 말을 처음 들었을 때만 해도 개념적으로만 이해할 뿐이었다. 이 말의 의미가 좀 더 구체적이고 생생한 경험으로 다가온 것은 내가 깊은 고통의 수렁에 빠져 있을 때였다.

당시 나는 매년 겨울마다 집중명상을 하는 뉴잉글랜드의 수행처에 도착했는데, 정신없이 바쁜 시간을 보냈기 때문에 마음속은 풀어야 할 복잡한 생각으로 가득했다. 마음의 속도를 조금씩 늦춰가자, 평소 습관처럼 굳어진 나의 자기중심적인 성격, 둔감성, 통제 욕구 등이 수행의 주제로 떠올랐다. 다른 말로 표현하자면, 마음을 비워갈수록 나 자신이 '나쁜 사람'처럼 느껴졌다는 의미이기도 하다.

내 안의 핵심적인 부분에 결함이 있다는 생각은 젊은 시절부터 매우 익숙한 감정이었다. 그런데 이번에는 내면의 비판자가 특히 더 가혹하게 움직이기 시작했다.

이 감정을 더듬어 들어갈수록 극도로 불안정하고 자기혐오로 가득했던 젊은 시절의 나와 다시 마주하게 되었다. 나의 가장 취약한 부분까지 자비로 감싸 안으려 애썼지만 효과가 없었다. 나 자신의 선함을 기억해내기 위해 내가 아는 모든 방법을 시도했지만, 내 안의 비판자는 더욱 완강하게 버텼다. 결국 '내게는 정말로 문제가 있지만 변화할 수 없고, 지금의 내 모습에 만족할 수도 없다는 자포자기의 마음으로 흐느껴 울기 시작했고 나는 선하지도, 사랑스럽지도 못하다는 생각에 점점 더 무력감에 빠져들었다.

이 생생한 좌절감에 나를 내던지자, 내게 도움이 필요하다는 사실을 깨달을 수 있었다. 자연스럽게 '제발 나를 사랑해줘'라는 말이 떠올랐다. 이 속삭임은 비통함과 깊은 열망으로부터 솟아오른 것이었다. 나는 '제발 나를 사랑해줘'라고 거듭 되풀이해서 속삭였다.

어쩌면 내 안의 어떤 부분은 내가 무엇을 원하는지 이미 알고 있었는지도 모른다. 이 속삭임은 환하고 따뜻하고 친밀한 공감을 불러일으켰고, 따스한 영적 존재가 나를 바라보고 염려하면서 내 주변을 에워싸고 있는 것처럼 느껴졌다. '사랑은 항상 당신을 사랑한다'는 깨달음이 내 안으로 깊이 스며들었다.

이런 깨달음을 향해 마음을 열어갈수록 스스로 사랑스럽지 않다고 느끼는 작고 비좁은 자아는 어둠 속으로 잠겨 들었다. 모든 좌절감을 벗어던지자 내 주변을 가득 채운 빛과 하나가 되면서 그 속으로 온전히 녹아드는 기분이었다.

나는 이것을 '자애명상'이라 부르며 지금까지도 계속해서 실천하고 있다. 몇 분 동안 고요하게 명상하면서 환하게 빛나고 친밀하며 부드러운 자각을 불러일으키면, 이 자각은 내가 기억하지 못할 때조차 항상 내 주변에 머문다. 나는 축복받고, 사랑 속에 정화되고, 사랑 속으로 녹아드는 것을 상상하며 온몸으로 '자애'를 느낀다.

스스로에 대한 사랑이 우리를 치유한다

수년 동안 '자기 자비(Self-Compassion)'를 가르치고, 그에 대한 글을 써왔음에도 나는 여전히 나 자신을 비난하곤 한다. 특히 스트레스를 받을 때는 더욱 가혹하게 굴곤 한다. 언젠가 바쁜 일과를 보내던 중 내가 음울하고 시무룩한 상태라는 것을 알아차렸다. 그 원인을 곰곰이 생각해보니, 최근 며칠 동안 전쟁과 같은 하루하루를 보낸 것이 원인이었다.

계약을 협의하고, 새 책을 출간하기 위해 원고와 씨름하고, 명상센터의 방침을 변경하면서 직원들을 교육하느라 바빴다. 나의 내면에 존재하는 비판자는 짜증과 공격성으로 가득 찬 내 모습을 비난하기 시작했다. '나는 왜 이 모양이지? 내게 무슨 문제가 있는 걸까?' 나는 주변 세상은 물론 나 자신과도 갈등을 일으키며 홀로 고립된 기분에 빠졌다.

나를 처음 '영적 여정'으로 이끈 것도 바로 이와 같은 결핍감과 고립감이었는데, 이런 감정이 찾아올 때마다 나는 현존을 회복하고 가슴을 누그러뜨려야 한다는 사실을 떠올리려 한다. 또한 고통스러운 감정에 짓눌리는 경험을 할 때마다 내 삶을 근본적으로 뒤바꿔놓은 만트라인 '치유를 원한다면 먼저 자신을 사랑해야 한다'는 통찰로 되돌아가려 간다.

자기비판으로 가득했던 그날도 몇 분 동안 고요히 앉아 '제발 나를 친절하게 대하자.'는 말을 되뇌었다. 감정이 격하게 휘몰아칠 때 자신에 대한 친절을 회복하기 위해서는 생각을 잠시 멈추고 감정에 충실해야 한다. 그리고 '이 느낌은 알맞은 자리에 있다.'고 되뇌어야 한다. 그날도 이런 과정을 통해 짜증을 내고 근심했다는 사실 자체는 잘못되지 않았음을 깨달을 수 있었다.

너그러운 현존은 사랑의 기반과도 같다. 우리의 '못난 자아'까지도 부드러운 마음으로 감싸 안을 때, 심오하고 치유력 있는 변화를 경험할 수 있다. 화내고, 비판하고, 결핍감에 시달리는 자아가 해소되기 시작하는 것이다. 여러 가지 감정은 항상 오고 가겠지만, 애정 어린 자각이 우리 존재의 진실이라는 점에는 변함이 없다. 이 사실을 기억할 때마다 우리는 진정 자유로워질 수 있다.

자기비판에 빠질 때마다 잠시 멈춰 서서 스스로를 비난함으로써 느끼는 고통을 솔직하게 직면해 보라. 또한 몸과 마음의 어느 부위에서 고통이 먼저 일어나는지 느껴 보라. 그런 다음 고통스러운 느낌을 향해 친절과 이해의 몸짓을 건네보라. 가슴에 손을 얹고 부드럽게 "제발 네 가슴을 신뢰해봐."와 같은 말을 속삭일 수도 있다. 당신이 스스로를 사랑하고 치유하고자 할 때 어떤 일이 벌어지는지 확인해 보라.

부드러운 현존으로 고통을 마주함으로써

우리는 상실감과 상처를 강렬한 은총으로 바꿀 수 있다.

자유의 한계

처음으로 참여한 10일간의 '집중명상 프로그램'을 통해 평소 내가 느끼는 고통스러운 감정을 좀 더 세밀하게 살필 수 있었다. 당시 나는 자기비판을 무수히 쏟아냈고, 결핍되고 고립된 자아 속에 갇혀 있다고 느꼈다. 나 자신과의 전쟁이 나를 세상과 단절시키고 고통을 더 크게 키운다는 사실이 차츰 분명해졌다.

나는 근심과 불안, 분노, 수치심 같은 감정을 밖으로 밀어내려고 애쓰는 대신, 모두 받아들여야겠다고 결심했다. 비록 처음에는 수용적인 태도를 취하는 시간이 오래 지속되지 못했지만, 적어도 그 순간만큼은 가슴이 열리고, 따뜻해지고, 자유로워졌다고 느꼈다. 내가 좋아하지 않는 나의 모습이 계속해서 떠오를 때도 그런 불완전함까지 온전히 품을 수 있을 만큼 마음이 넉넉해진 것 같았다. 당시 나의 만트라는 '나의 받아들임의 한계는 내 자유의 한계와 마찬가지다'였다.

부정적인 판단은 나 자신에게만 국한된 것이 아니었다. 나는 스스로를 제대로 돌보지 않는 사람들에게도 안타까운 감정을 느꼈다. 또한 권력을 손에 쥔 채 취약 계층에게 고통을 가하는 이들에게도 비난의 화살을 쏟아냈다. 하지만 그럴 때마다 '모든 존재를 가슴에 품는 것'이야말로 한계를 모르는 받아들임이라는 사실을 상기하곤 했다.

집중명상 프로그램에 참여하면서 나는 누군가를 판단하고 비판하는 것에서 관심을 돌려 인간 내면의 취약함에 집중해야 한다고 느꼈다. 자비로운 태도로 마음을 열어감에 따라 내 안의 빛과 온기는 자유롭게 빛을 발하기 시작했다. 시인 루미 역시 "우리가 감싸 안는 상처는 곧 기쁨이 되나니, 상처가 변화될 수 있도록 그것을 당신의 품속으로 불러들이시게."[4]라고 말했다.

오늘의 명상

내면에 일어나는 모든 경험을 받아들이겠다는 생각으로 3분 정도 가만히 앉아 있어보자. 변화하는 생각과 느낌, 감각, 소리 등을 온전히 받아들일 때 당신의 가슴이 어떻게 반응하는지 느껴 보라.

우리의 작고 불안정한 자아보다 더 큰 무언가가
우리를 감싸고 있음을 느낄 때, 가슴속에서 타인을 위한 공간을
조금씩 발견할 수 있을 것이다. 그 순간 견딜 수 없을 것처럼
느껴지던 고통조차 자신과 타인을 향한 연민으로 변해갈 것이다.

나 자신에게 진실한 삶을 살고 있는가

오랫동안 죽어가는 사람들의 마지막 고백을 들어온 호스피스 병동의 한 간병인이 신문에 기고문을 남겼다. 그녀의 글은 수년 동안 내 마음을 사로잡았다. 그녀는 기고문에서 '삶을 마감하는 사람들은 자기 자신에게 진실한 삶을 사는 용기를 내지 못한 것을 가장 후회했습니다'라고 기술했다.

이 글을 읽으면서 그런 후회를 하는 건 비단 죽어가는 사람들뿐만이 아니라고 생각했다. 나는 종종 "오늘 나 자신에게 진실한 삶을 살았는가?"라고 질문해 본다. 이 질문은 너무나도 가치 있고 일깨우는 바가 크기 때문에 내가 가르치는 학생들에게도 "당신의 삶은 가장 소중하게 생각하는 것과 조화를 이루고 있습니까? 당신은 자신에게 진실한 삶을 살아가고 있습니까?"라고 묻곤 한다.

이 질문에 대해 학생들은 "나 자신에게 진실하다는 건 솔직한 태도를 견지한다는 것을 의미합니다."와 같은 답변을 내놓았다. 몇몇 학생은 곤경에 처한 사람들을 도우며 관대한 태도를 유지하는 것을 의미한다고 말했다. 다른 학생들은 자신에게 진실한 삶이란, 스스로의 가치를 신뢰하면서 창의성을 표현하는 것이라고 하거나, 자신이 사랑하는 일과 연관된다고 말했다. 또한 어떤 학생들은 불편한 관계에 놓인 사람들까지 용서하고 화해하는 용기라고 말하기도 했으며, 두려움을 느끼더라도 긍정적인 변화를 위해 꼭 필요한 행동을 하는 것이라고도 이야기했다.

학생들은 종종 자신을 향한 의심이나 의혹에 관해서도 이야기했다. 그들은 자신들이 너무 쉽게 자기비판에 사로잡힌다고 털어놓았다. 아무 생각 없이 무의미한 삶을 살아가거나 낡은 습관 속으로 밀려 들어가기도 한다고 말했다. 한 학생은 내게 이렇게 이야기했다. "제 잠재력과 제가 살아가는 방식 사이에는 어떤 간극이 있어요. 이런 간극 때문에 저는 항상 무언가 모자란다고 느끼고, 결핍감에 시달립니다."

나 또한 하루에도 몇 번씩 애정 어린 자각으로 살고 싶은 열망과 자기 중심성 사이의 간극을 알아차린다. 수년에 걸친 나 자신에 대한 부정적인 판단은 '무가치함의 마력'이라 부르는 부정적 신념에 먹이를 공급해왔다. 하지만 인간은 스스로 무가치함의 마력에서 벗어날 수 있다. 이제 나는 다른 사람들에게 친절한 관심을 기울이지 못했다는 사실을 깨달을 때마다 스스로 비난하고 질책하기보다 일단 그 사실을 알아차린 것에 감사한다. 또한 "지금, 이 순간 나는 애정 어린 삶을 살고 있는가?"와 같은 질문은 내게 또 다른 가능성이 있다는 사실을 상기시키고 내 안의 진정한 본성과 조화를 이룬 상태를 회복할 수 있도록 돕는다.

스스로에게 진실한 삶을 살고자 하는 갈망은 가장 순수하고 애정 어린 곳에서부터 솟아난 자연스럽고 아름다운 열망이다. 자신을 비판하거나 비난하는 태도는 우리를 근본적 선함에서 더욱 멀어지게 할 뿐이다. 진실한 삶을 살아갈 수 있는 진정한 용기는 내면의 경험을 자비로 감싸 안는 것에서부터 시작한다. 이런 태도는 우리를 해방시키고 인생의 모든 측면에 빛과 사랑을 불어넣을 수 있도록 도울 것이다.

깊고 깊은 감정적 고통의 한가운데에 있을 때,
자신에 대한 자비야말로 우리를 '마음의 집'으로
되돌아오게 하는 길이 되어줄 것이다.

부디 내가 친절할 수 있기를

내 사무실 벽에는 평소 좋아하는 글귀가 붙어 있다. '친절하게 행동하려면 당신은 종종 자신이 걷던 길에서 이탈해야만 한다'는 글이다. 해야 하는 일의 목록을 하나씩 지워가며 바쁘게 일하다 보면 누군가를 위해 친절을 베풀 수 있는 기회를 민감하게 포착하지 못할 때가 많다. 이럴 때 우리의 주의력은 오로지 목표에만 고정되어 있으며, 우리의 가슴속에는 주변을 돌볼 만한 여유 공간이 존재하지 않는다.

프린스턴 신학대학에서 실시한 심리학 연구[5]는 이 같은 비좁은 초점이 세상 속에 친절과 자비를 가져오는 걸 어떻게 방해하는지 잘 보여준다. '시간의 압박이 봉사 행위에 미치는 영향력'을 알아내기 위해 연구자들은 실험에 참가하는 학생들을 두 그룹으로 나눴다. 그러고는 그들이 캠퍼스를 가로질러 다른 강의실로 가서《성경》에 등장하는 '착한 사마리아인'의 이야기에 관해 발표할 거라고 미리 말해주었다. 학생들이 잘 아는 것처럼, 이 이야기에 등장하는 인물들은 거리에서 도움을 구하는 남자 옆을 무심히 지나쳤다. 그를 도와주기 위해 멈춰선 유일한 이는 사회에서 소외당하고 무시당했던 사람이었다.

학생들 가운데 절반은 발표 시작 전까지 강의실에 도착하려면 서둘러야 한다는 말을 들었고, 남은 절반은 발표가 시작되기 전까지 시간이 충분하다는 말을 들었다. 그러고 나서 학생들은 강의실로 가던 중 현관에 주저앉아 도움을 청하는 남자와 마주쳤다. 학생들이 모두 착한 사마리아인과 같은 상황에 놓였지만, 시간이 촉박한 그룹에서는 10퍼센트 정도의 학생들만 남자를 도왔다. 반면, 시간이 여유로운 그룹에서는 절반 이상(63퍼센트)의 학생들이 남자를 도운 것으로 나타났다.

나는 이 연구 결과를 강의에서 자주 인용한다. 서로를 보살피는 건 우리 모두에게 주어진 절실한 과제이지만, 타인을 돕기 위해 계획된 경로에서 이탈한다는 것은 그리 쉬운 일이 아니기 때문이다. 자신의 관심사에만 초점을 맞추다 보면 타고난 민감성과 연민을 덮는 일종의 최면 상태로 들어가게 된다.

나는 지난 수년에 걸쳐 목표지향적인 삶에서 나를 해방시키기 위한 훈련을 계발해왔다. 매일 아침 명상을 마무리할 때마다 언제나 '친절한 태도'를 기억하게 해달라고 기도한다. 단순히 "내가 친절할 수 있기를!" 하고 속삭이기도 하고, 때로는 그날 누구와 만날지 떠올리면서 친절하게 대하리라 마음먹기도 한다. 하루가 끝날 무렵에는 다른 사람들을 열린 가슴으로 대했는지 점검하는 시간을 갖는데, 내가 그들에게 친절하게 행동했다고 느끼면 가슴에서 기쁨이 일어난다. 그리고 친절하게 대하지 못했다는 사실을 깨달으면, 내 잘못을 자애롭게 받아들이면서 그 사실을 알아차린 것에 먼저 감사한다. 이 훈련을 계속하면 할수록 내 안의 배려심과 친절을 일깨우겠다는 결심이 점점 더 강렬해지는 것을 느낀다.

오늘의 명상

누군가에게 친절함을 베풀기 위해 정해진 경로에서 기꺼이 이탈한 적이 있는가? 아니면 그렇게 하기를 희망해본 적이 있는가? 아침마다 "오늘 하루 친절한 태도를 기억하려면 어떻게 해야 할까?"라는 질문을 던져보라. 저녁에는 하루를 되돌아보면서 당신의 마음을 일깨우는 시간을 가져보라.

나라얀의 개미 농장

아들 나라얀이 여섯 살이었을 무렵, 자연에 대한 호기심을 키워주는 선물을 준비한 적이 있다. '개미 농장'이라는 이름의 이 키트는 실제로 살아 있는 개미의 활동을 관찰할 수 있도록 제작된 것이었다. 개미에 완전히 매료된 나라얀은 몇 시간이고 꼼짝도 하지 않고 키트 안을 바라보곤 했다. 개미들이 땅에 터널을 뚫어 집으로 먹이를 실어 나르는 과정을 지켜보면서 개미 한 마리 한 마리에 이름을 붙여주기도 했다. 함께 개미 농장을 구경하는 건 우리의 소중한 일과가 되었다.

그로부터 몇 주가 지난 어느 날, 나라얀은 매우 상심한 얼굴로 학교에서 돌아왔다. 학교 놀이터에서 다른 아이들이 개미를 발로 짓밟는 놀이를 한 것이다. 나라얀은 자신이 사랑하는 놀라운 생명체를 친구들이 다치게 하고 심지어 죽일 수도 있다는 사실에 큰 충격을 받은 것 같았다.

나는 나라얀을 꼭 안아주면서 "친구들에게는 개미 농장이 없으니 개미가 어떤 존재인지 알 수 있는 기회가 없었을 거야."라고 말해 주었다. 또한 살아 있는 생명체에 관심을 기울일 때, 비로소 그들과 관계 맺는 방식은 물론 그들이 추구하고 원하는 것이 무엇인지 이해할 수 있다고 설명했다. 그러한 과정을 통해 우리는 인간이 아닌 다른 생명체들 역시 살기를 간절히 원한다는 사실을 깨달을 수 있다고 이야기했다. 내 말에 열심히 귀를 기울이는 아들에게 나는 "친구들이 개미를 정말 주의 깊게 살펴본다면 더는 해치지 않을 거야."라고 말해 주었다. 그러자 나라얀은 나를 바라보면서 "개미 농장이 훨씬 더 많았으면 좋겠어. 그러면 친구들이 모두 개미들을 만날 수 있잖아."라고 말했다.

탁월한 영적 교사인 지두 크리슈나무르티Jiddu Krishnamurti는 '진정으로 관심을 기울이는 것이 곧 사랑을 표현하는 것'이라고 가르친 바 있다. 가만히 멈춰 서서 살아 있는 세계의 일부(함께하는 사람, 앞뜰에 있는 나무, 가지 위에 앉아 있는 다람쥐 등)와 함께할 때, 우리는 가슴을 열고 삶이 전해주는 감동을 고스란히 받아들일 수 있다. 주변을 에워싼 생명 에너지가 우리의 친밀한 일부가 되는 것이다.

모두가 내 친구야

아침 산책 시간에 나는 보통 집 근처에 있는 포토맥 강(Potomac River) 주변을 걷는다. 오리와 거위들이 강가로 모여들면, 나는 그들이 천천히 헤엄치면서 물고기를 잡고 동료들과 어울리는 모습을 조용히 바라본다. 한 마리 한 마리가 뚜렷한 개성을 갖고 있으며, 무리를 지은 녀석들간의 유대감과 충성심도 느낄수 있다. 봄철이면 바깥으로 나와 부모의 보호를 받으며 새로운 세상을 구경하는 새끼들을 바라보는 게 특별한 즐거움이기도 했다.

늦가을 무렵의 어느 날, 포토맥 강가를 산책하다가 강의 상류 부근에서 들려오는 커다란 총소리를 들었다. 사냥꾼들이 물새를 사냥했다는 사실을 깨닫자 충격이 온몸을 훑고 지나갔다. 나는 순수하고 힘없는 새들이 잔인하게 죽임을 당하는 광경을 떠올리며 몸서리를 쳤다. 오리와 거위는 내 친구였고, 이곳은 그들의 집이다. 그런데 지금 그들은 사람들이 재미 삼아 하는 사냥으로 죽음을 맞이해야 한다. 나는 아름다운 생명체들이 느끼는 혼돈과 두려움을 떠올리고 짝 잃은 새들의 슬픔에 공감하면서 흐느껴 울기 시작했다. 내 가슴은 사람들의 침략 행위에 격분하고 있었다.

강을 따라 집으로 돌아오면서 주변의 수많은 생명체에게 느낀 친밀감에 관해 생각했다. 내 옆에는 반려견인 케이디가 종종걸음으로 걸어가고 있었다. 케이디는 나의 소중한 친구다. 고개를 들자 홍관조 두 마리가 덤불숲 주변을 날아다니고 있었다. 그들 역시 나의 친구였다. 강 쪽으로 기울어져 있는 거대한 플라타너스 옆을 지나갈 때도 걸음을 멈추고 "너도 내 친구야."라고 속삭였다. 이 말을 내뱉는 순간, 그것이 진실이라는 걸 깨달았다. 연민은 짧은 삶을 부자연스럽고 고통스럽게 살다 인간의 입속으로 들어가는 세계 곳곳의 동물들(돼지, 닭, 소 등)에게로 향했다. 슬픈 일이지만, 이들 역시 내 친구였다. 마음속에 어떤 생명체가 떠오르든 내 안에서 일어나는 반응은 '우리는 친구야'였다.

그때 나를 휘감고 있던 슬픔의 물결 너머로 살아 있는 존재로 가득한 이 세상에 나 역시 소속되어 있다는 충만한 느낌이 일었다. 모든 생명을 향해 마음을 열어갈수록 밀려드는 기쁨과 함께 내가 혼자가 아니라는 사실을 깨달을 수 있었다. 나는 그 모든 생명체와 한 몸이었다. '우리는 친구'라는 인식과 함께 눈에 보이지 않는 성스러운 유대의 끈이 되살아났고, 나는 생명 속으로 잠기는 평화로운 기분을 만끽할 수 있었다.

오늘의 명상

산책할 때 실험을 하나 해 보자. 개, 다람쥐, 새, 곤충, 나무 등 생명이 있는 존재가 당신의 관심을 끌면, 잠시 멈춰 서서 부드럽고 진지한 태도로 "우리는 친구야."라고 혼잣말을 해보라. 그 순간 가슴속에서 일어나는 감정을 온전히 느껴 보자.

우리는 서로 연결되어 있다

어느 봄날, 나는 블루 리지 산(Blue Ridge Mountain)의 낙농장 근처에 있는 명상센터에서 집중명상을 지도했다. 새벽 명상의 고요함 속에서 젖소들의 고통스러운 울음소리가 들려왔다. 명상센터 관리자에게 소들이 우는 이유를 묻자, 태어난 지 얼마 되지 않은 송아지들을 어미한테서 강제로 떼어냈기 때문이라고 했다. 이렇게 해야만 새끼에게 먹일 우유를 더 많이 얻을 수 있고, 또한 어미 소의 다음번 번식을 준비하는 과정도 편하다는 것이다. 모든 포유류의 어미와 자식 사이에 강한 애착이 존재한다는 사실을 알기에 젖소들이 오랫동안 새끼를 찾으며 슬퍼하는 이유를 충분히 이해할 수 있었다.

매일 아침 젖소의 울음소리를 들으면서 나는 어미와 새끼가 겪는 끔찍한 고통을 상상해 보았다. 집중명상에 참여한 다른 사람들 역시 나와 같은 심정이었다. 그래서 우리는 젖소와 송아지도 자애명상의 대상에 포함하기로 했다. 호흡명상으로 마음을 가라앉히고 나서 먼저 우리의 상처와 두려움, 상실감을 떠올리면서 우리는 스스로를 감싸 안았다. 그런 뒤 근처에 있는 젖소와 송아지처럼 고통과 어려움에 직면해 있는 존재들을 향해 가슴을 열었다. 그들의 고통과 상실감을 함께 느끼면서 그들이 고통으로부터 자유로워지기를 바랐다.

우리는 생명의 우열을 나누고, 특히 인간을 다른 동물보다 더 가치 있게 여기는 것에 익숙하다. 하지만 이러한 계급 체계는 생명의 연결망에서 우리를 분리하고, 우리의 마음을 무뎌지게 한다. 모든 생명체가 공유하는 취약성과 삶을 향한 의지에 관심을 기울일 때 우리는 비로소 생명체간의 상호연결성을 자각할 수 있다. 지구에서 함께 살아가는 모든 생명체는 신비스러운 공동의 근원에서 비롯한 존재들이다. 서로의 동질성을 깨달을 때, 우리의 마음은 살아 있는 모든 존재를 향한 배려와 존중으로 가득 차게 된다.

이러한 깨달음은 우리가 살아가는 방식까지 완전히 변화시킬 수 있다. 예컨대, 나를 비롯한 많은 이들이 공장식 축산으로 발생하는 엄청난 고통을 자각하고, 채식 위주의 식단을 선택했다. 또한 인간의 육식과 지구온난화의 연관성을 이해한 많은 이들이 지구를 치유하기 위한 열쇠의 하나로 채식 위주로 식단을 바꾸고 있다. 나 역시 식사를 할 때마다 동물이나 육류 부산

물을 먹지 않는 이유를 한 번 더 자각하면서 내가 섭취하는 모든 음식에 감사한다. 이런 마음이야말로 모든 생명체가 소중한 세상에 함께 소속되어 있다는 깨달음을 불러일으키는 열쇠가 될 것이다.

오늘의 명상

인간에게 위협을 당하거나 고통받는 생명체 중에서 당신이 특별히 유대감을 느끼는 대상이 있는가? 보호소에 버려진 유기견이나 도축을 위해 사육하는 가축, 밀렵꾼에게 위협받는 고릴라나 코끼리 등을 떠올릴 수도 있다. 그들에게는 삶이 어떻게 느껴질지 상상하면서 그들 역시 당신처럼 자유롭게 살기를 원한다는 사실을 기억하자. 이제 진심 어린 마음으로 그들이 고통에서 해방되기를 기원해 보라.

다른 생명체와 연결되어 있다는 유대감을 통해

자신의 내면에 존재하는 평화의 성소를 발견할 수 있을 것이다.

모든 생명과 사랑에 빠지리라

'자애명상'을 가르칠 때, 학생들은 가끔 수업이 끝나고 나서 사랑하는 사람들의 선함을 발견하기 위해 노력한 것이 자신들의 삶에 얼마나 큰 위로가 되었는지 털어놓곤 했다. 학생들의 이야기에 감동한 나머지 나도 재미있는 이벤트를 하나 생각해냈다. 내 페이스북 친구들에게 다른 사람들의 근본적 선함을 발견한 경험에 관해 글을 올려달라고 요청한 것이다.

페이스북 친구들이 올린 글은 하나같이 놀랍고 가슴 따뜻해지는 이야기였다. 부모들은 아이들 내면의 호기심과 경이로움에 관해 이야기했고, 연인들은 서로의 배려심과 관대함을 보여주는 일화를 소개했으며, 누군가는 부모의 지혜와 이타심을 목격한 이야기를 들려주었다. 또 다른 누군가는 잘 모르는 사람에게서 친절한 대우를 받은 경험을 이야기했다.

이처럼 기분 좋은 일이 있은 지 얼마 지나지 않아 내 생일이 다가왔다. 페이스북 이벤트에서 영감을 받은 한 소중한 친구는 나에게서 찾아낸 근본적 선함의 목록을 적은 축하 카드를 보내주었다. 그녀의 글은 내 눈물샘을 자극했고, 나 역시 그녀의 근본적 선함을 발견한 것에 감동했다.

이 경험은 내게 트라피스트회Trappist의 수도사인 토머스 머튼 Thomas Merton의 글을 떠올리게 했다. 머튼은《단상(Conjectures of a Guilty Bystander)》이라는 책에서 어느 날 자신이 겪은 심오한 깨달음에 관한 이야기를 들려준다. 이 경험은 기도 중이나 수도원에 있을 때가 아니라 켄터키 주 루이빌 시에 있는 분주한 거리의 모퉁이에 서 있을 때 갑작스럽게 찾아왔다. 그 순간 그는 자신이 주변에 있는 모든 이들을 사랑한다는 압도적인 느낌에 사로잡혔다. 그는 그 당시의 마음을 '그들은 내 것이었고 나는 그들의 것이었다'라고 표현했다. 그의 묘사는 우리가 서로를 진정 소중히 여긴다는 것이 어떤 의미인지 잘 드러낸다. 아래의 글은 내가 가장 좋아하는 구절 중 일부이다.

나는 갑자기 그들 가슴의 비밀스러운 아름다움을, 어떠한 죄도 지식도 도달할 수 없는 그들 가슴 깊숙한 곳의 아름다움을 보았다. 그 아름다움은 실재의 핵심이자 신성의 눈에 비친 인간의 본성 자체였다. 그들이 스스로를 있는 그대로 바라볼 수만 있다면, 우리가 서로를 항상 이렇게 바라볼 수만 있다면 세상에는 전쟁도, 미움도, 잔인

함도, 탐욕도 존재하지 않을 것이다. 이런 일이 벌어질 때 가장 큰
문제는 우리가 땅에 엎드려 서로를 숭배하는 것뿐이다.[6]

우리가 주변 사람들의 변덕스러운 기분과 행동, 인격 너머를
바라볼 수만 있다면, 그들의 본질에서 새어나오는 빛을 인식하
게 될 것이다. 잠시 멈춰 그 근본적인 선함을 바라보면서, 그것
이 우리 각자의 내면에서 연민과 지성, 생명력, 창조성으로 빛
을 발하는 모습을 지켜본다는 건 얼마나 기쁜 일인가. 이 비밀
스러운 아름다움을 목격하는 순간, 우리는 모든 생명과 사랑에
빠질 것이다.

기도란 무엇인가

나는 유니테리언Unitarian(전통적인 삼위일체를 부정하고 신은 하나라는 유일신 신앙을 주장한 기독교의 한 교파 - 옮긴이) 교도의 가정에서 자라났다. 이 종교를 통해 10여 년 동안 기도와 관계 맺는 법을 배웠고, 이 관계는 내가 어른으로 성장해 슬픔과 수치심, 두려움, 좌절을 마주할 때마다 더욱 깊어졌다. 내가 생생한 현존을 유지하는 법을 배워감에 따라 내면의 밑바탕에 깔려 있던 고통은 깊은 슬픔과 열망으로 구체화되기 시작했다. 시간이 갈수록 열망은 점점 더 뚜렷해졌다. 내가 바라는 건 결국 사랑과 현존의 거대한 원천에 소속되고, 그것으로 부드럽게 감싸이는 것이었다. 이런 열망에 휩싸일 때마다 나는 부드러움과 보살핌이 배어든 친밀하고 환한 자각의 장처럼 느껴지는 것을 향해 몸을 기대곤 했다. 마치 우주의 위대한 어머니를 향해 손을 뻗는 듯한 기분이었다.

시인 존 오도나휴John O'Donohue가 말했듯 '기도는 열망과 소속감 사이에 놓인 다리'[7]다. 열망이 담긴 기도는 자아의 경직성을 부드럽게 누그러뜨린다. 기도는 우리가 기억하든 못 하든

언제나 우리 주변에 머무는 애정 어린 현존이 빛을 발할 수 있도록 자아의 투과성과 수용성을 높여준다.

나는 기도를 우리의 취약성과 상처, 두려움이란 바위 속에 깊이 뿌리박고 있는 한 그루의 나무에 비유하곤 한다. 뿌리는 수많은 가지가 하늘로 뻗어 나가는 동안 나무를 굳게 지탱해 주는 역할을 한다. 우리 내면의 취약함과 접촉하려는 의지가 클수록 기도라는 나무의 가지 역시 그만큼 더 멀리까지 뻗어 나갈 수 있다.

기도는 우리 모두를 위한 창조적 실험이다. 그러므로 기도하는 동안 가슴을 여는 데 도움이 되는 단어와 자세, 심상 등을 찾아내야 한다. 또한 어느 순간에는 공허한 의례처럼 느껴졌던 것이 다른 순간에는 마음을 활짝 열어줄 수 있다는 사실도 기억할 필요가 있다.

기도는 마음속으로 속삭여도 되고 입 밖으로 크게 내뱉아도 된다. 어떤 이는 가슴 앞에 손을 마주 모은 채 고개를 숙이는 자세가 개방성과 부드러움, 수용성을 높인다고 느낀다. 또 다른 사람은 완전히 엎드리는 자세를 겸허한 요청과 내맡김의 표현으로 여긴다. 나는 개인적으로 머리를 약간 숙인 상태에서 손을 마주 모으는 자세를 선호하지만, 가끔은 더 크고 애정 어린 현존을 향해 무언가를 바치기라도 하듯 컵 모양으로 오므린 두 손을 위로 들어 올리기도 한다. 이 모든 자세를 통해 집으로 되돌아오라고 우리를 부르는 한없는 사랑과 교감을 나눈다. 그리고 때가 되면 마치 강이 스스로 바다를 향해 흐르듯 나 자신을 자연스럽게 놓아 보낸다.

오늘의 명상

당신은 가슴을 여는 데 도움이 되는 기도 자세나 간단한 문구를 활용하는가? 두 손을 모으고 고개를 숙이면 어떤 일이 벌어지는지 지금 당장 실험해 보는 것도 나쁘지 않을 것이다. 당신만의 기도를 부드럽게 속삭이면서 당신과 가장 깊이 연결되어 있다고 느껴지는 원천을 향해 사랑을 요청해 보라.

고통을 함께한다는 것

내 친구는 부모님을 한꺼번에 잃었다. 그녀는 부모님이 생존하신 마지막 몇 달 동안, 그들을 간호하면서 곁에 머물렀다. 부모님을 잃고 깊은 상실감에 빠진 그녀는 내게 스카이프Skype로 화상 대화를 나눌 수 있는지 물었다. 그녀가 너무나도 큰 슬픔과 상실감에 빠져 있을 것이 분명했기에 나는 대화를 나누기 전에 그녀의 마음을 조금이라도 어루만질 수 있게 해달라고 기도했다.

그녀가 부모님의 마지막 날에 관해 말하는 동안 나는 차분하게 귀를 기울였다. 상실과 슬픔에 직면한 사람 앞에서는 할 수 있는 말이 별로 없지만, 나는 최대한 도움이 되고 위로가 되는 말을 하려고 애썼다. 친구가 이야기를 잠시 멈추었을 때, 나는 그녀가 나의 다음 말을 기다리고 있다는 걸 감지했다. 하지만 내 안의 무언가가 "안 돼, 기다려." 하고 말하는 것 같았다. 우리가 침묵 속에 그대로 앉아 화면으로 서로의 눈을 바라보는 동안 약간의 어색한 기운이 감돌았지만, 나는 이 순간을 신뢰해야 한다고 느꼈다. 그때 무언가 변화가 일어났다. 갑자기 우리는 함께 눈물을 흘리기 시작했고, 그 자리에서 펑펑 울고 말았다.

타인을 위로할 때는 가슴을 열고 상대의 고통과 슬픔을 함께 하는 것 말고는 아무 말도, 아무것도 할 필요가 없다. 수피교의 스승인 피르 빌라얏 인얏 칸Pir Vilayat Inayat Khan은 고통을 함께 한다는 말의 진정한 의미에 관한 심오한 통찰을 들려준 바 있다. 그는 "세상의 모든 고통을 가슴속에 품고 다니는 '세상의 어머니(Mother of the World)'가 있다면, 우리 각자는 그 심장의 한 부분을 차지한다. 따라서 우리는 모두 고통의 일부를 짊어지고 있다."라고 말했다.[8]

고통을 함께 나누는 행위는 우리 모두가 살아가는 동안 고통을 겪는다는 사실을 인정하는 것과 같다. 우리는 단지 '함께 있음'을 통해 고통을 연민으로 감싸 안을 수 있는 능력을 확장할 수 있다.

타인의 진실한 사랑과 이해는 가장 순수한 물이 담긴

깊은 우물처럼 우리의 근원을 정제해 준다.

불안감마저 사랑으로 감싸 안는 것

코로나19 사태의 심각성을 처음 깨달았을 당시, 나는 포토맥 강 옆에 있는 바위에 앉아 명상을 하고 있었다. 샌프란시스코의 한 병원에서 근무하는, 출산을 앞둔 며느리가 먼저 감염되어 아들과 손녀 그리고 그들과 함께 사는 전 남편에게까지 바이러스를 옮길까봐 가슴이 조마조마했다. 나의 염려는 가족을 넘어 나이가 많고 신체적으로 취약한 수많은 이들과 경제적 어려움으로 곤경에 처한 사람들에게까지 향했다. 또한 바이러스에 감염된 교도소의 수감자들과 미국을 비롯한 세계 곳곳의 난민촌에 모여 사는 사람들에 관해서도 생각해보았다. 생각의 물결이 점차 거세지면서 초조함은 더욱 고조되었고, 결국 두려움과 무기력감, 고립감 속으로 휩쓸려 들어가고 말았다.

다행스럽게도 그동안 규칙적으로 훈련해온 '레인RAIN 명상'이 저절로 작동하기 시작했다. 나는 마음속으로 "불안, 불안."이라고 중얼거리면서 그 느낌을 인식(Recognize)했다. 그런 뒤 "이 느낌은 알맞은 자리에 있다. 이 불안은 여기 있어서는 안 되는 침입자가 아니다."라고 나 자신에게 부드럽게 속삭이면서 그 느낌을 허용(Allow)했다. 나는 가만히 멈춰 서서 주의력을 심화시킬 수 있었다. 즉 조사(Investigate)의 과정을 거치면서 불안의 감각이 내 몸의 어느 부위에서 가장 강하게 느껴지는지 찾아보았다. 그것은 가슴 부근에서 옥죄는 듯한 느낌(쥐어짜듯 쑤시는 헛헛한 느낌)을 불러일으키고 있었다. 나는 가슴에 손을 얹고 불안감과 함께 호흡하면서 생생한 고통의 움직임과 윤곽을 더듬어보았다. 그러고는 모든 저항을 내려놓은 채, 솟아올랐다가 사라지길 거듭하는 불안의 물결을 향해 마음의 문을 열었다. 그러자 가슴이 완전히 열리면서 '이 순간 가장 필요한 것은 무엇일까?'라는 의문이 일었다.

이 느낌은 무엇을 요구하는 것일까? 이때 떠오른 답은 '사랑을 느끼고 더 큰 무언가에 소속되어 있음을 느끼는 것'이었다. 그 느낌을 보살피는(Nurture) 동안, 내 시야는 우리를 에워싼 드넓은 사랑과 자각의 장을 향해 확장되었다. 광대하면서도 친밀한 현존으로부터 사랑이 쏟아져 들어오는 상상을 하면서 사랑이 가슴속의 불안을 흠뻑 적시는 것을 느낄 수 있었다.

레인명상을 하고 휴식을 취하면서 한동안 고요히 앉아 있었다. 불안은 여전히 거기 있었지만, 그 강도는 현저히 줄어든 상태였다. 무엇보다 중요한 것은 이 불안이 더는 '나 자신만의 불안'으로는 느껴지지 않았다는 점이다. 대신 그것은 광대하고 부드러운 자각으로 감싸인 '이 세상의 불안'이었다.

그러자 나는 불안의 흐름뿐만 아니라 내 주위를 에워싼 생명 현상을 향해서도 마음의 문을 열 수 있었다. 나는 거위들의 울음소리와 내가 앉은 바위 옆을 스쳐 지나가는 강물 소리를 들을 수 있었다. 내 가슴을 울린 세상의 고통이 현실이었던 것과 마찬가지로 삶의 고유한 아름다움 역시 현실이었다.

코로나19 이전에도 인류가 두려움과 상실, 슬픔을 심각하게 받아들인 경험은 분명 있었고, 이 위기가 지나간 후에도 계속될 것이다. 우리는 불안감마저도 사랑으로 감싸 안는 것이 진정한 치유의 비밀이라는 사실을 기억해야 한다.

오늘의 명상

────── ∽ ──────

불안한 감정에 사로잡혔을 때 '레인명상'을 하면 현명하고 자애로운 현존으로 되돌아오는 데 도움이 될 것이다.[9]

잠시 멈춰 서서 자신의 내면에 관심을 기울이는 시간을
가져보자.

R 인식 (Recognize)

당신의 내면에서 무슨 일이 벌어지고 있는가? 무엇이 느
껴지든 먼저 마음속으로 이름을 붙여보자. 불안, 화, 상처,
수치심 이런 식으로.

A 허용 (Allow)

당신이 느끼는 것이 무엇이든 그것을 판단하지도, 고치려
하지도, 무시하지도 말고 그 자리에 머물도록 허용하라.
그냥 '내버려둔 채' 함께 머물러라. "이것은 알맞은 자리에
있다."라고 속삭일 수도 있을 것이다.

I 조사 (Investigate)

호기심을 갖고 당신의 감정이 몸의 어느 부위에 머물러
있는지 찾아보라. 통증이 가장 강하게 느껴지는 부위에
부드럽게 손을 대볼 수도 있다. 그리고 이 순간 당신에게

필요한 것이 무엇인지 느껴 보라. 그것은 사랑인가? 용서인가? 받아들임인가? 이해인가?

N 보살핌(Nurture)

당신의 취약함과 상처, 두려움을 보살펴라. 당신을 향해 치유력 있는 메시지를 전하라. 자신 혹은 신뢰하고 사랑하는 다른 존재(친구, 할머니, 영적 스승, 강아지 등)에게 치유의 메시지를 받는다고 상상해볼 수도 있다.

레인명상을 한 후

명상을 통해 드러난 현존을 감지하면서 고요함 속에 잠시 머물러라. 명상을 시작할 때의 분노나 두려움, 피해의식 등이 자애로운 자각으로 바뀌었는지 느껴 보라.

무슨 일이 있더라도 삶을 사랑한다는 것

가족과 친구들이 탄 차가 진입로를 벗어나 해변으로 방향을 트
는 동안, 나는 뒤에서 바라보며 손을 흔들어 주었다. 가족이나
친구들과의 여행에서 빠진 건 처음이었다. 내가 기억하는 한
우리는 여름마다 소나무 숲과 넓은 모래사장이 있는 케이프 코
드Cape Cod로 휴가를 떠났고, 특별한 날이면 우리 집은 가족 구
성원의 배우자와 새로 태어난 아기들로 가득 채워지곤 했다.
소중한 이들과 함께 해변에서 파도를 타고, 수영을 하고, 뜨거
운 모래 위에 누워 휴식을 취하는 축복이 가득한 순간만큼은
가슴에 품었던 모든 문제도 저 멀리 사라지는 것 같았다.

　하지만 이번 여름은 달랐다. 몇 년간 건강이 예전과 같지 않
다고 느꼈는데, 결국 결합조직에 영향을 미치는 유전 질환을
앓고 있다는 진단을 받게 되었다. 이 질환을 치료하는 유일한
방법은 진통제를 복용하는 것과 아주 서서히 근육의 힘을 키워
관절을 안정시키는 것뿐이었다. 더는 미래를 예측할 수 없었고,
다시 친구들과 바닷가에 갈 수 있을지, 가족들과 모래사장을
거닐 수 있기나 한 건지 알 수 없었다. 사랑하는 많은 것으로부

터 분리된 기분을 느꼈고, 깊은 외로움에 빠졌다. 내 뺨으로 눈물이 흘러내리자 다음과 같은 기도가 솟구쳤다. "제발 내가 평화에 이르는 길을 찾아낼 수 있기를. 무슨 일이 있더라도 삶을 계속 사랑할 수 있기를."

열망의 기도를 반복하는 동안, 가슴이 서서히 열리면서 내 안에 있던 슬픔이 삶을 향한 순수하고 부드러운 사랑으로 변해 갔다. 그 순간 내가 소중히 여겨왔던 모든 것을 잃을 수는 있어도 사랑만큼은 내 안의 본질로 항상 머물 것이라는 사실을 깊이 깨달았다. 이후 몇 년에 걸쳐 나는 감사하게도 건강을 완전히 회복할 수 있었다. 그럼에도 나는 소중히 여기는 모든 것이 결국에는 사라진다는 사실을 잘 알고 있다. 변화무쌍한 우리의 삶을 보살펴주는 이 애정 어린 자각만 빼고.

사랑

Freedom

자유

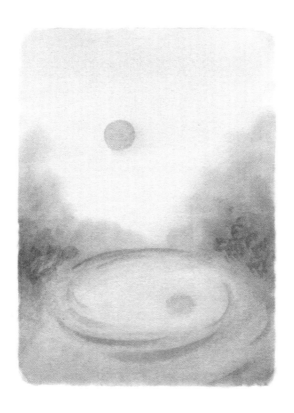

두 개의 날개

지혜와 사랑은 '자각(Awareness)'의 두 날개와 같다. '지혜의 날개'는 진리와 인간 본성에 대한 명료한 이해를 상징한다. '사랑의 날개'는 살면서 경험하는 모든 것에 부드럽고, 배려심 있고, 감사하는 마음으로 반응하는 능력을 상징한다. 우리가 자각의 두 날개를 활짝 펼친다면, 이 날개는 우리 내면의 깨어난 존재가 누릴 수 있는 자유를 향해 우리를 기꺼이 데려갈 것이다.

자각은 햇살 가득한 하늘과 같다

지금부터 15초 동안 '아무것도 자각하지 않으려고' 시도해 보라. 과연 무슨 일이 벌어졌는가? 당신은 무엇을 알아냈는가? 자각의 본성에 관해 언급할 때, 나는 종종 사람들에게 이 간단한 연습을 해보라고 권한다. 그런 뒤 성공한 사람이 있는지 물으면, 대개는 실패를 인정하는 웃음을 터뜨리곤 한다. 나는 이런 단순한 연습을 좋아하는데, 자각이 항상 현존한다는 사실(심지어 그것을 인식하지 못할 때조차)을 분명하게 드러내기 때문이다.

지금 잠시 멈추고 '자각하지 않으려고 애쓰면' 무슨 일이 벌어지는지 다시 한번 확인해 보라. 이제 몇 초 동안 당신의 주의력이 자각 그 자체를 직접 향하도록 해보라. 자각이란 무엇인지 흥미와 호기심을 갖고 탐색해 보라. 소리, 느낌, 이미지 등 자각의 대상이 아닌 자각 그 자체를 탐색하는 것이다. 당신은 무엇을 알아차릴 수 있는가?

티베트 불교의 가르침에 따르면, 자각은 열려 있고, 깨어 있으며, 즉흥적인 감응성을 지닌다고 한다. 자각은 형태도 중심도 경계도 고정된 자아도 없으며, 모든 존재가 일어났다 사라지는 개방적이고 수용적인 공간과도 같다. 비록 그 자체로는 아무런 '사물성(Thingness)'도 지니지 않지만, 자각은 소리와 감각, 냄새, 시각적 인상의 변화하는 흐름을 인식하는 능력인 '깨어 있음'으로 가득하다. 또한 자각의 제한 없는 감응 능력은 사랑과 연민, 기쁨, 감사를 비롯한 다양한 느낌으로 나타난다.

개방성과 깨어 있음, 부드러움이라는 자각의 세 가지 특성은 떼려야 뗄 수 없이 서로 얽혀 있다. 이 관계를 이해하는 가장 좋은 방법은 이를 햇살 가득한 하늘에 비유하는 것이다. 태양의 빛(깨어 있음)은 열린 공간에서 분리될 수 없고, 우리가 느끼는 온기(부드러움)는 태양의 밝은 빛에서 분리될 수 없다.

티베트 불교가 가르치듯 개방적이고, 깨어 있고, 부드러운 자각은 참된 인간 본성의 핵심을 이룬다. 자각으로 주의를 돌려 그 속에서 휴식을 취하는 법을 배우면서 우리는 점점 더 자각의 특성을 체화하며, 결국 진정한 순수성과 충만함 속에서 살아갈 수 있을 것이다.

잠시 하던 일을 멈추고 소리와 이미지, 감각의 흐름을 느껴 보라. 이제는 그 흐름의 배경, 즉 지금 여기에 존재하는 자각을 알아차려 보라. 긴장을 풀고 자각 속에서 휴식을 취하면서 자각 그 자체로 존재해 보라. 당신은 현존의 개방성과 공간성, 수용성을 감지할 수 있는가? 당신은 자각의 특성과 깨어 있음을 감지할 수 있는가?

지금 이 순간이 너무 좋다

진정한 행복은 지금 이 순간 그 무엇도 움켜쥐지 않고, 삶이 지금과 달라지기를 조금도 바라지 않는 상태에서 현존하는 것에서부터 시작한다. 우리의 삶에는 현존을 위한 기회가 흘러넘친다. 현존에 이를 때 우리는 미래를 걱정하지도, 자신의 위치에 불만족하지도 않고, 삶을 그저 있는 그대로 바라볼 수 있다. 그리고 진정한 자유를 맛보게 된다.

함께 자연 속을 거닐 때면 조나단과 나는 종종 멈춰 서서 경이로운 주변 환경과 우리 둘 사이의 유대감을 음미하는 시간을 갖는다. 이럴 때 둘 중 하나는 이 순간이 더없이 소중하다는 의미에서 "지금 너무 좋다."라고 외친다. 그러면 다른 한 사람 역시 기분 좋게 "맞아, 지금이 너무 좋아."라고 맞받아친다.

우리는 이 순간의 아름다움을 만끽하면서 이 말을 몇 번이나 되풀이한다. 이런 유쾌한 의식 뒤에는 강력한 교훈이 숨어 있다. 우리가 끊임없이 미래로만 달아나려는 생각을 멈춘다면, 소중히 여기는 모든 것을 오직 지금, 여기에서 발견할 수 있다는 것이다.

집으로 돌아가는 길을 기억하라

수피교의 시인인 루미는 이런 말을 남겼다. "세상에 태어난 모든 존재는 존재 자체에 취한 나머지 그 속에서 길을 잃고 집으로 되돌아가는 길을 망각한다."[10]

루미의 말처럼 인간은 살아가는 동안 자각과 사랑의 광대함과 깊이를 망각한 채 제한된 몸과 마음에 갇혀버린다. 우리는 고통을 숨기고 자신의 취약함을 보호하기 위해 가면을 쓰면서 자신의 정체성을 스스로 제한하고 만다. 우리는 바쁘고 중요한 사람, 분노한 피해자, 부족한 사람, 강박적으로 중독된 사람과 같은 가면을 쓰고 살아간다. 때로는 우울한 사람이나 불안한 사람, 우월한 사람, 패배자 등이 우리의 가면이 되기도 한다. 또한 우리는 마음의 옷장 속에 가상의 인격을 가득 채워 두고 있다. 가면은 힘든 시기를 견뎌낼 수 있게 도와주기도 하지만, 문제는 자신을 가면과 동일시한 나머지, 거짓 이미지들을 진정한 나로 착각한다는 것이다.

가면을 쓴 채 자신의 참모습을 망각하는 것이 자연스러운 일인 것처럼, 그릇되고 제한된 정체성에 사로잡혀 있다는 사실

을 깨닫는 것 역시 우리의 삶에서 중요한 부분이다. 우리는 늦든 이르든, 느리든 빠르든 간에 일종의 최면 상태에 빠져 스스로를 결핍된 존재라고 믿게 만드는 가면에 집착해 왔다는 사실을 깨닫게 된다. 이런 깨달음을 용기 있게 마주 보는 태도는 내면의 근본적 선함과 다시 이어지고자 하는 열망을 일깨울 것이다. 우리가 현존에 귀를 기울이고 그것을 심화하는 데 집중한다면 가면을 넘어 진정한 본성에 내재한 아름다움과 자유를 발견할 수 있다.

오늘의 명상

당신이 선택한 가면은 무엇인가? 가장 익숙한 가면이 당신 자신이라고 믿기를 그만둔다면, 당신은 과연 누구일지 생각해 보자.

내려놓고 또 내려놓기

많은 이들이 나를 명상 분야의 스승이라 부르며 큰 관심을 보이기 시작했을 때, 나는 고통스러운 딜레마에 직면했다. 사람들의 호응과 관심이 커질수록 내가 다른 사람들보다 영적으로 더 진화한 존재(해답을 아는 존재)라는 미묘한 자만심이 생긴 것이다. 수업이나 워크숍이 끝나고 집으로 되돌아와 명상을 할 때면 우월감과 자만심이 나를 나 자신과 타인에게서 얼마나 멀어지게 하는지 느낄 수 있었다. 그러면 나는 스스로에 대한 실망감과 슬픔, 수치심 속으로 가라앉을 수밖에 없었다.

나는 진정한 현존을 방해하는 내면의 이 '특별한 인격(Special Person)'을 빨리 놓아 보내야겠다고 결심했다. 그래서 '특별한 인격'이 나타날 때마다(강연을 마치고 학생들이 보내온 감사 편지를 읽을 때, 강연장이 만석이라는 소식을 전해 들었을 때 등) 잠시 멈춰 서서 내 안을 떠도는 생각과 느낌을 '알아차림'과 '자애'로 비춰보려고 애썼다. 때때로 나는 스스로를 격려하며 "이 감정을 놓아 보내. 놓아 보내."라고 속삭이기도 했다.

하지만 이 전략은 상황을 악화시킬 뿐이었다. 잔뜩 경계 태세를 취하고 '내면의 인격'을 놓아 보내려 애쓰는 태도는 이것이 나의 정신을 얼마나 강하게 사로잡고 있는지를 더욱 분명하게 드러낼 뿐이었다. 수치심은 더욱 커졌고, 혐오감 역시 마찬가지였다. 내면의 인격은 나를 계속 붙들어 매고 있었고, 나는 그 손아귀로부터 나 자신을 구해낼 수 있기를 간절히 바랐다.

어느 날 밤, 집에서 명상을 계속하며 마음이 차분해지는 순간 내 안에서 은은한 평화의 느낌이 일어나기 시작했다. 그러자 곧 다시 그 '특별한 인격'이 나타났다. 갑자기 내일 열릴 강연이 떠올랐고, 나는 다시 사람들이 원하는 중요한 존재로 되돌아와 있었다. 자포자기 상태에 빠진 순간, 내면의 목소리가 "내가 무얼 할 수 있겠어? 나는 힘들게 애써 왔지만, 이 인격은 사라질 기색을 보이지 않아!"라고 절규하는 소리를 들었다.

그 순간, 다음과 같은 깨달음에 도달했다. "나는 이 일을 할 수 없어. 억지로 자아의 한 부분이 사라지게 할 수 없어. 그건 내가 할 수 있는 일이 아니야." 사실 자아의 한 부분이 사라지도록 독촉하는 건 팽창된 자아를 도리어 자극하고 강화할 뿐이었다. 그때 내면에서 부드러운 목소리로 "멈춰, 그만 멈춰."라고 속삭이는 소리를 들었다. "자신과의 싸움을 멈춰. 그 모든

노력을 멈춰. 너를 바로잡으려는 노력을 멈춰."라고 되풀이하자 마음이 한결 가벼워졌다.

진정한 '내려놓음'의 길에 관한 좋은 가르침은 붓다의 헌신적인 제자인 아난다Ananda의 이야기에서 찾을 수 있다. 붓다가세상을 떠난 뒤 '깨달음에 이른' 제자들의 모임이 열렸을 때, 아난다는 초대받지 못했다. 수년에 걸쳐 열심히 노력했지만, 그는 아직 깨달음을 얻지 못한 상태였기 때문이다. 그래서 모임이 열리기 전날 밤 아난다는 완전한 깨달음을 얻을 때까지 밤새도록 열렬히 수행하겠다는 결심을 품은 채 자리에 앉아 수행에 들어갔다. 하지만 시간이 흐른 뒤 그는 기진맥진한 상태로좌절감에 휩싸였다. 그 모든 노력에도 불구하고 어떠한 진전도이루지 못한 것이다. 그래서 새벽 무렵 아난다는 그 모든 애씀을 놓아 버리고 그저 자리에 누워 휴식을 취했다. 신기하게도아난다는 머리가 베개에 닿는 바로 그 순간, 커다란 깨달음을얻었다고 한다.

무엇이 아난다를 자유롭게 한 것일까? 한마디로 그것은 '애쓰던 모든 것을 내려놓고 단순히 현존 속에 휴식하는 것'이었다. 분명 아난다는 생각에서 벗어나 마음을 여는 법을 배우고 수년에 걸쳐 명상 수련을 하면서 깨어남을 위한 기반을 마련해 왔을 것이다. 하지만 그는 애쓰던 모든 것을 포기하고 그 순간에 존재하는 자각을 향해 긴장을 완전히 내려놓은 후에야 비로소 진정한 자유를 얻을 수 있었다.

나를 해방에 이르게 한 것 역시 '놓아 버림'이었다. 물론 이 순간에도 잠시 '내가 무엇을 해냈는지 봐. 나는 마침내 자유로워졌어'라는 자만감 속으로 빠져들기도 했다. 내 안의 '특별한 인격'이 되살아나려고 한 것이다. 그래서 나는 미소를 지으면서 "멈춰, 그저 멈춰."라는 부드러운 속삭임에 다시 귀를 기울였다.

우리 안의 지혜로운 자아는 포기가 해답임을 이미 알고 있다. 실제로 일을 하는 건 내가 아닌 '자각'이다. 자각의 빛과 부드러움 속에서 생각은 저절로 녹아 없어지고, 신체적 저항은 부드럽게 누그러들며, 불안과 집착은 자연스럽게 사라진다. 이런 깨달음은 아난다의 경우처럼 갑작스럽게 일어날 수도 있고, 내 경우처럼 천천히 전개될 수도 있다.

현존은 우리가 소중하게 여기는 모든 것으로 향하는 문이다.
자연스러운 자각에 이르는 길은 애쓰던 모든 것을
내려놓고 실재 속에서 휴식하는 것이다.

깨어 있는 상태로 존재하기

진정한 현존의 친밀감과 접촉해본 경험이 있는가? 이런 접촉은 잠들기 전 고요하게 이완된 순간에 일어날 수도 있고, 가만히 지붕을 두드리는 빗방울 소리에 귀를 기울이는 순간에 일어날 수도 있다. 어쩌면 당신은 경이로운 눈으로 별이 가득한 밤하늘을 응시하는 동안 현존을 접했을지도 모른다.

현존의 친밀감과 접촉하는 경험은 누군가에게 예상치 못한 친절한 대접을 받은 다음 감사의 마음을 느꼈을 때나, 탄생이나 죽음처럼 잊지 못할 순간을 거치는 동안 일어날 수도 있다. 그런 순간이 오면 과거와 미래는 배경이 되어 뒤로 물러나고, 생각은 고요히 가라앉는다. 남은 것은 오로지 바로 지금, 바로 여기 '깨어 있는 상태로 존재한다'는 성스러운 느낌뿐이다.

무슨 일이 일어나도 '좋아'라고 말하기

처음으로 참여한 집중명상 기간에 나는 급성 부비동염에 걸렸고, 전 남편과의 이혼에서 비롯한 죄책감과 불안감에 시달려야 했다. 나는 신체적 불편함과 감정적 고통에 완전히 압도당한 채 허우적대고 있었다. 결국은 주변 상황에 저항하며 고통스럽게 싸움을 벌이는 대신, 내게 무슨 일이 일어나도 일단 "좋아."라고 속삭여보기로 했다.

이 전략은 약간 우습기도 했는데, 계속해서 흘러내리는 콧물에 대고 "좋아."라고 말할 때 특히 그랬다. 하지만 몇 시간에 걸쳐 이 전략을 실천하자 마음속에서 일어나는 생각과 느낌 주변으로 더 많은 여유 공간이 생겨났음을 알 수 있었다. 이후 이 공간은 서서히 부드러운 느낌으로 채워지기 시작했다. 나는 혐오감과 죄책감이 스스로 생겨났다 사라지기를 거듭한다는 사실을 이해할 수 있었다. 그 느낌은 나를 표적으로 삼은 것이 아니었고, 나 때문에 일어난 것도 아니었다. 그런 느낌은 그저 우리의 몸과 마음속에서 유희를 벌이는 자연스러운 일부일 뿐이었다.

"좋아."라는 말과 함께 그 순간의 생각과 느낌을 그냥 내버려 두는 태도는 변화하는 날씨의 배경인 하늘을 자각하는 것과 같다. 날씨는 시시각각 변하지만, 하늘은 여전히 그대로 존재한다는 것을 깨닫는 과정인 것이다.

어떤 일이 일어나든 "좋아."라고 말하는 건 누군가의 해로운 행동을 용인하는 것이 아니며, 아무 조건 없이 어떠한 생각을 받아들이거나 믿는 것과도 다르다. 오히려 이 말은 우리가 실제로 경험하는 것을 솔직하고 용기 있게 인정하는 태도와 연관된다. 이러한 태도는 우리가 모든 일을 충만한 지성과 자비로 해결할 수 있도록 돕고, 해방감을 안겨줄 것이다.

매번 내면에서 일어나는 것을 향해 "좋아."라고 말할 때마다 당신은 '열린 자각'이라는 내면의 황금을 더욱 깊이 신뢰하게 될 것이다. 그리고 당신의 내면에서 일어나는 것이 무엇이든 똑바로 마주할 수 있는 자신감 또한 더욱 강해질 것이다. 이것이 바로 '내적인 자유'다. 이제 당신은 다음에는 또 어떤 일이 찾아올지 걱정하며 조마조마해 하는 대신, 마음의 문을 활짝 열고 천 개의 기쁨과 천 개의 슬픔이 당신을 오롯이 관통하도록 내버려둘 수 있을 것이다.

지금 힘들고 어려운 일을 겪고 있는가? 그렇다면 자신에게 "이 상황에서 최악은 무엇인가? 그것에 대해 나는 어떤 신념을 품고 있는가?"라고 질문해 볼 수 있다. 그런 뒤 온몸의 감각과 느낌에 온전히 주의를 기울여 보라. 당신의 내면에서 무엇이 일어나든(상처나 분노, 두려움 등) 그것을 향해 "좋아."라고 말해 보라. 그 순간 어떤 변화가 일어나는지 느껴 보라. 당신은 불완전한 삶을 끌어안으며 "좋아."라고 크게 외칠 수 있는가?

보살핌받을 가치가 있는 이웃

워싱턴의 악명 높은 출근 시간에 운전을 할 때면 종종 참을성의 한계에 다다르곤 한다. 특히 앞에 있는 차가 너무 느리게 가거나, 뒤에 있는 사람이 내 차를 바짝 쫓아올 때는 도무지 감정을 주체하기가 힘들다. 그래서 나는 할 수만 있다면 상대방의 차 옆으로 다가가 누가 운전을 하고 있는지 들여다보려고 한다. 이건 일종의 '정신 차리기' 훈련이다. 운전하는 사람의 얼굴을 실제로 보면, 그들이 현실적인 동료로 느껴지면서 짜증이 조금은 가라앉곤 했다.

어느 날, 모임 시간에 늦어 서둘러 운전을 하는데 내 앞에서 아주아주 느리게 가는 차가 길을 막아섰다. 나는 낡은 뷰익Buick이 최저 제한속도보다 느리고 굼뜨게 움직인다는 사실에 너무 화가 났고, 내 머릿속에는 운전자에 관한 온갖 선입견이 맴돌았다. '아마도 다른 사람과 수다를 떨면서 운전에 집중하지 않을 거야. 완전 초보임이 틀림없어.' 나는 운전자를 완전한 타인으로 만드는 일에 골몰해 있었다. 그러다 결국 '정신 차리기' 전략을 실행에 옮기기 위해 그 차의 옆 차선으로 이동했는데 그때의 경험은 너무나도 당혹스러웠다. 당시는 아버지가 돌아가신 지 1년 정도 지났을 때였는데, 운전자에게서 언뜻 아버지의 모습을 본 것이다. 내 마음은 순식간에 짜증에서 슬픔과 연민으로 바뀌었다.

그 순간, 낡은 뷰익을 운전하던 '완전한 타인'이 사랑과 보살핌을 받을 가치가 있는 이웃으로 다가왔다. 이 경험은 내가 스트레스에 짓눌려 다른 사람의 선함을 망각할 때마다 즉시 '마음챙김'을 되찾겠다는 결심을 더욱 강하게 만들었다. 이런 태도는 누군가를 '완전한 타인'으로 인식하는 대신 가슴과 의식을 지닌 한 인간으로 보도록 도울 것이고, 나와 타인 사이의 거리감과 분리감을 형성하던 방어막을 없애는 데도 도움이 될 것이다.

광대한 하늘과 같은 자각

'자각'에 관해 내가 가장 좋아하는 통찰은 티베트 불교의 한 스승에서 비롯했다. 수업 도중 그는 커다란 백지에 V자 형태를 그렸다. 그러고는 "무엇이 보입니까?"라고 물었다. 학생들은 일제히 "새요. 새가 날아가는 모습입니다."라고 대답했다. 하지만 스승은 이렇게 말했다. "아닙니다. 이건 새 한 마리를 품은 하늘입니다."

우리는 습관적으로 '새'에게만 관심을 기울인다. 우리 주위를 에워싼 소리와 이미지, 주변 사람들과 그들의 움직임, 우리의 생각과 느낌, 현재 벌어지는 사건에 대한 해석, 이런 것들이 '새'에 해당한다. 그리고 하루 중 대부분의 시간 동안 가장 관심을 가지는 새는 바로 우리의 머릿속에서 진행되는 여러 가지 이야기들이다. 우리는 종종 결핍되고, 불만족스럽고, 불안해하는 주인공이 등장하는 영화 속에서 살아간다. 제한된 자아에 감금된 채 영화 너머에 있는 광대한 세계, 즉 우리의 모든 경험을 품어 주는 부드럽고 깨어 있는 자각을 간과한다.

자신의 생각과 감정, 감각을 더 많이 알아차릴수록 우리가 자각이란 커다란 하늘에 머물고 있다는 사실을 깨달을 수 있다. 이런 인식은 해방감을 불러일으키는 통찰을 가져다준다. 생각은 지나가는 구름이나 바람일 뿐이며, 따라서 그것을 모두 믿을 필요는 없는 것이다.

끊임없이 이어지는 머릿속 이야기는 진정한 정체성에 내포된 신비와 아름다움, 한없는 창조성에 관해 숙고할 시간을 주지 않는다. 자각이란 광대한 하늘을 기억하는 것만이 근원적 자유로 되돌아갈 수 있는 유일한 길이다.

오늘의 명상

몇 분 동안 당신의 사고 과정에 주의를 기울여 보자. 어떤 생각이 갑작스럽게 일어났다 사라지는 과정을 살펴보자. 생각은 어디에서 오는가? 어디로 사라지는가?

'생각'이란 가상현실 너머에는 신비스럽고, 부드럽고,

본질적으로 깨어 있는 '자각'이 존재한다.

광대한 자각을 향해 마음의 문을 열어보라.

순간의 감정이나 생각을 믿을 필요가 없다는 사실을 깨달을 때,

당신은 진정한 자유를 향해 가슴을 열어젖힐 수 있을 것이다.

가면 뒤를 넘겨다보기

'정체성'이란 문제를 다룰 때마다 학생들에게 즐겨 하는 농담이 하나 있다. 어느 날 아침, 한 남자가 회의 시간에 늦게 도착했다. 상사는 "어딜 갔다 지금 오는 건가?"라고 물었고, 남자는 "방금 회사 건물 앞에서 광대를 만났어요."라고 답했다. 그러자 그 말을 듣고 있던 동료가 "진짜 광대였어? 아니면 그냥 광대 복장을 한 사람이었어?"라고 물었다.

수업 도중 이 농담을 건네면, 학생들은 대개 잠깐 침묵을 지키다(학생들이 머리 굴리는 소리를 들을 수 있다) 곧 웃음을 터뜨리곤 한다. 내가 학생들에게 건넨 농담처럼, 가면과 가면을 쓴 사람은 따로인데, 때로는 이 둘이 하나로 합쳐지기도 하는 것이다.

'사람(Person)'이란 단어는 고대 그리스어인 페르소나Persona에서 비롯했는데, 이는 특정 인물이나 동물, 신 등을 연기하기 위해 배우들이 쓰던 가면을 지칭하는 말이다. 우리는 일상에서 특정한 상황에 대처하기 위해 습관적으로 자신만의 페르소나를 착용한다. 하지만 공연이 끝나면 제거될 가면이란 걸 알았던 고대 그리스의 배우나 청중들과는 달리, 우리는 자신을 페르소나와 동일시하곤 한다. 예컨대, '지적이고 능력 있는 사람'이라는 가면이나 '근심 많고 불안정한 사람'이라는 가면을 자신의 정체성으로 삼는다. 그리고 당신의 동료 역시 '비판적이고 성마른 사람'이란 가면을 자신의 정체성으로 간주할 수 있다.

우리의 핵심 페르소나는 가장 깊은 불안과 생애 초기의 방어기제로 구성되어 있는데, 종종 그것을 벗어 놓는 법을 잊어버린 채 그것이 진정한 자기 자신이라고 굳게 믿어 버린다. 이런 가면에 사로잡힌 채 살아가다 보면, 주변 세상을 향한 유대감과 친밀감을 잃어버리고 만다. 자신 혹은 타인과의 관계에서 생기를 불어넣는 자각과 사랑을 망각해 버리기 때문이다.

진정한 본성을 기억하는 축복을 경험하려면, 내면에서 일어나는 생각과 느낌, 감정의 변화를 섬세하게 알아차릴 필요가 있다. 현존의 고요함과 명료함 속에서만 우리의 가면을 있는 그대로, 즉 진정한 존재와는 거리가 먼 일시적인(그리고 때때로 유용한) 페르소나로 바라볼 수 있다. 또한 다른 사람들의 가면 뒤에 숨겨진 진정한 내면의 모습도 알아차릴 수 있다.

당신이 평소 자주 착용하는 가면이나 페르소나를 떠올려 보라. 가면과 연관된 생각과 느낌은 무엇인가? 지금, 이 순간 당신이 경험하는 소리와 생각, 감각 등의 흐름을 느껴 보라. 그러고 나서 자신에게 '이 모든 현상을 알아차리는 자는 누구 혹은 무엇인가?'라고 질문해 보라. 페르소나 너머에 있는 열린 자각 속에 한동안 머물러 보라. 페르소나는 진정한 자신이 아니라는 사실을 기억한다면, 삶이 어떻게 달라질지 생각해 보라.

"저는 언두교도입니다!"

명상에 관한 가장 큰 믿음 중 하나는 우리가 무언가를 얻기 위해 명상을 한다는 것이다. 더 많은 통찰이나 더 많은 축복, 더 많은 기쁨, 더 많은 연민 같은 것들 말이다. 물론 명상을 하다 보면 이 모든 혜택을 얻을 수도 있다. 하지만 이런 경험은 사실 움켜쥠이 아닌 '놓아 버림'이나 '내려놓음'에서 비롯한다.

요가를 서구 사회에 소개하는 데 큰 역할을 한 인도 출신의 스승 스와미 사치다난다Swami Satchidananda는 한 학생에게 요가를 수행하려면 힌두교도가 되어야 하는지 질문을 받은 적이 있다. 스와미는 미소를 지으며 "저는 힌두교도Hindu가 아닙니다. 저는 언두교도Undo(얽힌 것을 풀고 문제를 원상태로 되돌리는 것을 중시한다는 의미-옮긴이)입니다."라고 답했다.

힌두교를 비롯한 모든 위대한 종교가 가르치듯, 영적인 각성은 자신의 생각을 맹신하며 감정과 자아를 동일시하는 습관을 해체해 가는 과정이다. 허물을 벗는 뱀과 같이 자신에게 맞지 않는 정체성을 벗어던질 때 지혜와 사랑이 흐르는 진정한 본성을 만날 수 있다.

우주는 우호적인 장소인가

어머니는 80세 무렵 우리 집으로 거처를 옮긴 후, 내가 수요일 밤마다 진행하는 명상 수업에 함께 참석하기 시작했다. 몇 주 후 그녀는 외롭거나 불편하거나 소속감을 느끼지 못하는 참가자들을 따뜻하게 맞이하는 임무를 맡았다. 어머니가 맡은 또 다른 임무는 수업이 끝난 후 차를 타고 집으로 돌아가는 동안 그날의 강의 내용을 평가하는 것이었다. 바너드Barnard 대학에서 철학을 전공한 그녀는 토론하기를 아주 좋아했고, 강의의 전반적인 부분에는 동의했지만, 자신의 의견과 맞지 않는 내용에 대해서는 주저 없이 문제를 제기했다.

어느 날, 나는 우리의 근본적 선함을 주제로 강연을 했다. 나는 아인슈타인의 유명한 말을 인용했는데, 그 내용은 대략 이러했다. "나는 '우주는 우리에게 우호적인 장소인가?'라는 질문이야말로 인류가 마주한 가장 중요한 질문이라고 생각합니다. 모든 사람이 스스로 답을 찾아야 하는 가장 근원적인 질문입니다."[11]

이 말을 나는 '우주에는 근본적인 자비심이 존재하는데, 이 자비심에 대한 신뢰가 집단적 지성과 평화, 행복에 기여하는 활동을 유발한다'는 것으로 설명했다. 강연 도중 나는 명상이 우리 안의 현존과 자애, 사랑의 능력을 일깨우는 방식을 탐색하면서 "근본적 선함이 비록 은폐되어 있을지 몰라도, 우리 내면에 존재한다는 사실을 신뢰한다면 그것을 이끌어내 마음을 해방시킬 수 있다."고 이야기했다.

그런데 이 말이 집으로 오는 동안 벌어진 토론에 기름을 들이부었다. 철학적 사고방식에 단련된 어머니는 약간의 빈틈도 허용하려 들지 않았다. "인종차별과 사회적 불평등, 사형제도, 계층 갈등, 환경 파괴 같은 현상 속에서 근본적 선함을 찾아볼 수 있다는 게 말이 되니?" 어머니가 물었다. "폭풍이나 가뭄 같은 자연재해 속에서 우주의 선함을 찾는다는 건 또 말이 되니? 나라면 차라리 중립을 택하겠다."

어머니는 분명 많은 사람이 품을 수 있는 의구심을 대변하고 있었다. 사랑과 자각이 공격성과 폭력, 불안보다 더 근원적이라는 사실을 객관적으로 논증하거나 증명할 방법은 물론 없다. 사실, 일상에서 폭력이나 불안을 마주하지 않는 사람은 극소수에 불과하며, 불안의 영향력에서 자유로울 수 있는 사람도 찾아보기 힘들다. 우리가 끊임없는 자기 의심과 뿌리 깊은 무가치감을 느낀다는 사실도 잘 알고 있다. 게다가 누군가에게 엄청난 고통을 초래하는 사람들을 보면서 그들의 근본적 선함을 감지하기란 여간 어려운 일이 아니다.

하지만 나는 우리가 감정적 반응이나 강박적 사고, 불완전한 행동을 넘어서는 고유한 가치와 아름다운 자질, 능력을 갖추고 있다고 믿기를 열망한다. 불가피한 갈등을 초월하여 다른 사람들과 연결되어 있다는 기분을 느낄 수 있기를 열망한다. 태어남과 죽음이 있는 이 세계 너머로 우리를 데려다주는 무시간적이고 애정 어린 현존에 소속되기를 열망한다. 그런데 이런 열망을 일으키는 건, 우리가 열망하는 것이 실재한다는 깊은 직감이다. 진정한 현존과 보살핌이 지배하는 고요한 순간 속에서 경험하는 '집으로 돌아온 듯한 기분'이다. 우리가 온전하게 연결된 전체의 한 부분이라는 기분 말이다.

근본적인 자비심과 관련된 중요한 질문에는 스스로 답을 찾아가야 한다. 그리고 우리의 답변은 우리들 각자의 가장 깊은 체험에서 비롯할 것이다. 비록 우리가 우호적인 우주 속에 산다는 논리적인 근거를 대지는 못했지만, 내 앞길을 밝게 비춰온 무언가를 어머니에게 전달할 수는 있었다. 애정 어린 자각을 우리의 가장 깊은 본질로 생각하며 살고자 하는 의도가 바로 그것이다.

모든 개념적 논쟁에도 불구하고, 어머니는 마지막 몇 년간 점점 더 깊은 수준의 평화를 발견했다. 어머니는 계속해서 다른 사람들에게 깊은 관심을 보였고, 그녀의 경청 능력과 친절함, 포용력은 많은 이를 감동시켰다. 그래서인지 어머니의 추도식에 모인 사람들은 어머니 앞에서 자신들의 선함과 진정한 가치를 발견했다는 이야기를 끊임없이 되풀이했다. 어머니가 무덤 속에서도 인간의 근본적 선함을 계속해서 반박할지는 모르겠지만, 그녀 자신이 인간의 선함을 보여주는 증거가 되었다고 생각한다.

근본적 선함이 우리의 진정한 본성이라는 믿음은 생각에서 비롯하는 것이 아니다. 대신 생각에서 한 걸음 물러나(거듭 반복해서) 온화하고 친절하고 명료한 현존을 삶으로 가져올 때, 그 본질을 우리의 내면에서 직접 경험하게 될 것이다.

진정한 현존과 보살핌의 순간을 마주할 때마다 잠시 멈춰
서서 당신이 누구인지 느껴 보라. 당신은 자신이 광대하
고 깨어 있는 세상에 소속되어 있다는 걸 느낄 수 있는가?
이런 경험이 '집으로 돌아온 듯한 기분'을 불러일으키는
가? 당신이 마음을 열고 베푼 사랑과 관심이 모든 생명체
를 통해 빛을 발하는 걸 느낄 수 있는가?

다음 세대를 위한 기도

내 손녀인 미아Mia가 태어났을 때 나는 그 방에 함께 있었고, 내 가슴은 새로운 생명이 탄생하는 평범하면서도 심오한 기적을 향해 활짝 열려 있었다. 아기가 세상을 보기 위해 처음으로 눈을 뜨는 광경을 목격하는 건 너무나도 감동적인 경험이었다. 나의 내면에서는 그녀를 위한 기도가 자연스럽게 솟아났다. '그녀가 자신의 선함을 신뢰하기를! 그녀가 자신의 진정한 정체성인 자각과 지성, 사랑을 신뢰하게 되기를!'

미아가 성장하는 모습을 지켜보면서 나는 그녀를 위한 기도를 계속해서 간직했다. '삶 속에서 어떤 도전에 직면하든, 자신과 다른 모든 존재의 선함을 항상 기억하기를!' 이 기도가 이뤄진다면 아이는 진정한 행복을 알게 될 것이고, 다른 사람들에게도 자각과 사랑을 일깨워줄 수 있을 것이다.

두려움과 갈등이 만연해 있는 요즘 같은 시대에는 자기 자신과 주변 사람들의 삶을 함께 소중히 여길 줄 아는 구성원이 필요하다. 그렇지 않다면 어떻게 이 병든 세상을 치유하고 변화시킬 수 있겠는가?

이유 없는 행복

나는 포토맥 강 옆으로 난 언덕진 오솔길을 거의 매일 산책하면서 행복에 관한 많은 것을 배웠다. 한때 나는 최상의 산책을 경험하기 위한 분명한 기준을 세웠다. 내가 가장 좋아하는 시기는 이른 봄, 꽃이 필 무렵이었고 선호하는 날씨는 포근하게 햇살이 비치는 날이었으며, 최적의 시간대는 일출과 일몰 즈음이었고, 가장 이상적인 환경은 주변에 아무도 없는 것이었다.

비버나 고니처럼 흔히 볼 수 없는 생명체와 마주하는 경험 역시 특별한 기쁨을 안겨 주었다. 그렇지만 무엇보다 중요한 조건은 내 몸이 아픈 곳 없이 가볍고 민첩한 기분을 느끼는 것이었다. 이 모든 조건이 충족될 수만 있다면 얼마나 신이 나고, 감사하고, 행복하겠는가. 하지만 이런 이상적인 조건 중 하나라도 충족되지 않을 때면(춥고 비가 부슬부슬 내리거나, 일요일이라서 사람이 너무 많거나, 무릎이 아파올 때) 너무나 쉽게 마음속에 불평이 일어나곤 했다.

어느 날 저녁 산책을 하러 집을 나섰을 때, 마침내 문제가 무엇인지 이해할 수 있었다. 지평선 위로 떠오르는 장엄한 보름

달을 넋 놓고 감상하는 동안 명백한 진실을 깨달았다. 이상적인 산책의 조건이 충족되었을 때만 행복해 하는 태도는 달이 보름달일 때만 만족을 느끼는 것과 다름없다는 깨달음이었다.

불교에서는 두 종류의 행복이 있다고 가르친다. 하나는 삶이 원하는 대로 풀릴 때, 즉 날씨가 아름답거나, 누군가와 조화로운 관계를 맺거나, 일에서 성과를 내거나, 몸과 마음의 상태가 건강할 때만 일어난다. 반면, 다른 종류의 행복은 삶에서 일어나는 변화에 기대지 않는다. 이 '이유 없는 행복(Happy for No Reason)'은 무조건적으로 현존하면서 깨어 있는 열린 자각 속에서 휴식을 취할 때 느끼는 '자유'다. 이때 우리는 삶에서 무슨 일이 벌어지든 상관없이 모든 것이 다 괜찮다고 느낀다.

보름달과 함께 찾아온 깨달음 이후 '이유 없는 행복'이 내 산책 습관 속으로 스며들기 시작했다. 나는 춥고 어두침침한 환경에서조차 자연의 아름다움을 만끽했고, 사람들이 산책로로 몰려들었을 때도 그들에게 동료 의식을 느꼈으며, 무릎이 쑤시는 상황에서도 낙담하기보다는 오히려 통증을 향해 부드러운 관심을 기울였다.

어느 날, 나는 약간의 복통과 일에 대한 걱정을 짊어진 채 산책에 나섰다. 얼음으로 뒤덮인 가파른 산길을 거슬러 올라갔고, 정상에 도달했을 때는 누군가가 땅바닥에 쓰레기를 잔뜩 버린 것을 목격했다. 주변을 둘러보기 위해 잠깐 멈춰 서서 이런 불쾌한 조건에도 불구하고 내 기분이 어떤지 찬찬히 살펴보았다.

그리고 상황이 어떻든 내가 조금도 개의치 않는다는 사실에 깜짝 놀라고 말았다. 이번 산책은 다른 어느 때 못지않게 좋았다. 말 그대로 이유 없는 행복감이 다가왔다. 그 순간, 나는 행복이 단순한 현존과 자각의 상태에서 솟아오른다는 사실을 알아차릴 수 있었다. 그리고 내가 이 세상에 온전히 소속되어 있다는 기분을 느꼈다. 신체적인 불편함과 근심은 여전히 그 자리에 있었고, 눈앞에 있는 쓰레기도 주워야 했지만 이런 상황에서조차 근본적인 행복감을 느낀 것이다.

매일의 산책이 아주 즐거운 경험으로 변한 이후, '이유 없는 행복'이 일상의 다른 영역으로까지 확산되는 걸 느꼈다. 고립감을 느낄 때 일어나는 고통, 실패를 걱정할 때 일어나는 불안감, 힘겹게 살아가는 사람들을 향한 연민, 지구를 향한 슬픔 등 모든 감정을 조건 없이 부드러운 현존으로 감쌀 때, 근본적인 행복감은 단절 없이 이어진다. 일상에서 무슨 일이 벌어지든,

즉 달이 어떤 모습이든 간에 그것을 품을 수 있는 마음의 여유를 갖는다면, 당신도 '이유 없는 행복'을 느낄 수 있을 것이다.

오늘의 명상

최근 행복감을 느꼈던 때를 떠올려 보라. 당신이 느꼈던 행복감은 단지 삶이 원하는 대로 풀렸기 때문인가? 하루를 보내는 동안 주변 상황과 무관하게 이유 없는 만족감이 일어나는 순간에 주의를 기울여 보라. 당신에게도 그런 순간은 반드시 찾아올 것이다.

사자의 포효

지난 수년 동안 달라이 라마Dalai Lama는 서양의 불교 명상 지도자들을 여러 차례 만나 그들에게 조언하고, 그들이 가르치는 학생들의 문제점에 관해 이야기를 나눴다. 어느 해에는 한 컨퍼런스에서 지도자들이 영적 영감을 추구하는 이들에게 전해야 할 가장 중요한 가치가 무엇이라고 생각하는지 그에게 물었다. 그의 즉각적인 답변은 학생들을 격려해서 '그들이 모든 상황에서 자각을 일깨울 힘을 지니고 있다는 사실을 신뢰할 수 있도록 해야 한다'는 것이었다.

티베트에서는 전통적으로 '신뢰'를 '사자의 포효(Lion's Roar)'라는 말로 묘사한다. 삶의 모든 곤경을 향해 가슴을 열어젖힐 수 있는 자신감과 힘, 기쁨을 나타내는 말이다. 가장 큰 상실과 가장 깊은 두려움을 비롯한 모든 경험이 지혜와 사랑을 불러일으키는 잠재력을 지니고 있다는 사실을 신뢰하는 것이 바로 '사자의 포효'다. 이런 태도를 지니고 일상을 살아간다면 어떨지 상상해 보라.

이 소중한 순간

불교의 큰 스승인 틱낫한Thich Nhat Hanh이 우리 집 근처에서 주말 집중명상을 지도하기로 예정되어 있었다. 나는 소중한 친구인 루이사 몬테로 디아즈Luisa Montero-Diaz와 함께 이 명상에 참석하기로 마음먹었다. 우리는 모두 매우 열정적인 명상 지도자였을 뿐만 아니라 아이를 키우는 부모이기도 했던 만큼, 이번 수련회는 특별한 환경에서 함께 수련하면서 휴식도 취할 수 있는 절호의 기회였다.

이틀에 걸쳐 마음을 일깨우는 가르침을 전한 후 타이Thay(학생들은 틱낫한을 이렇게 불렀다)는 우리에게 마무리 수행을 할 수 있도록 두 사람씩 짝을 지어달라고 말했다. 나란히 서 있던 루이사와 나는 서로를 향해 돌아서서 상대의 내면에 있는 붓다를 인정한다는 의미로 허리를 굽혔다. 그런 뒤 타이는 파트너와 포옹을 하되, 친구들과 인사를 나눌 때처럼 간략하고 친밀한 방식이 아니라 세 차례에 걸쳐 길고 깊은 심호흡을 하면서 상대와 연결된 느낌을 느껴 보라고 제안했다.

그는 "첫 번째 호흡을 할 때는 스스로에게 부드럽게 '나는 죽게 될 거야'라고 속삭이세요."라고 말했다. 이어서 두 번째 호흡을 할 때, 우리는 차분하게 파트너의 운명('너도 죽게 될 거야')도 이야기해야 했다. 그리고 세 번째 호흡을 하는 동안에는 "우리는 이 소중한 순간을 함께하고 있어."라고 이야기했다.

루이사와 나는 오래전부터 친구로 지내왔지만, 우리가 함께하는 시간이 얼마나 소중한지 깨닫게 된 건 축복과도 같았다. 포옹을 풀고 침묵 속에 서로를 마주 보고 서 있는 동안, 나는 그녀의 독특하고 우아한 아름다움을 한없이 부드러운 눈빛으로 바라보았다. 그리고 그녀의 미소와 빛나는 눈을 통해 그녀가 나를 통해서도 같은 감정을 느끼고 있다는 사실을 감지할 수 있었다.

이 기분 좋은 느낌은 우리가 그곳을 떠나 다시 바쁜 일상으로 되돌아온 후에도 우리를 줄곧 따라다녔다. 그리고 지금까지도 우리가 함께 공유한 그 아름다운 교훈을 잊지 않았다. 우리가 가치 있게 여기는 모든 것은 결국 사라질 테지만, 우리는 지금 여기에서 '가장 소중한 순간'을 함께하고 있다는 사실 말이다.

고요히 서 있기

처음 요가 수업에 참여했을 당시, 나는 대학을 다니고 있었다. 수업이 끝나면 양쪽으로 나무가 늘어선 길을 따라 집까지 걸어오곤 했다. 그건 항상 기분 좋은 경험이었다. 이른 봄날의 저녁 시간은 너무나도 아름다워 이대로 멈추지 않고 계속해서 걷고 싶다는 충동을 느끼곤 했다.

꽃을 피우는 과일나무의 향과 피부를 스치는 부드러운 산들바람, 고요하게 가라앉은 당시의 느낌을 지금도 생생히 기억한다. 어느 순간엔가 나는 완벽하게 고요한 상태로 서 있었고, 내 몸과 마음은 완전히 같은 장소에 현존하고 있었다. 나는 미래로 내달리지도, 과거를 후회하지도 않았다. 그곳에는 단순한 현존의 감각만 존재했으며, 모든 것은 성스럽고, 신비스럽고, 생생하게 살아 있었다.

우리의 몸은 항상 현재를 살아가지만, 마음은 종종 미래와 과거로 시간여행을 떠난다. 하지만 몸과 마음이 동시에 같은 장소에 머물 때, 우리는 존재에 생생한 활력을 불어넣는 창조적 현존을 발견할 수 있을 것이다.

우리의 진정한 집

우리 몸속에 있는 공간과 이 우주를 채우고 있는 공간은 자각
의 빛으로 가득 찬 연속적인 공간이다. 여기에는 안도 없고, 밖
도 없다. 자아도 없고, 타인도 없다. 한계가 없고, 구분도 없다.
생명의 무한한 경이로움만 담고 있는 이 자각의 공간이 바로
우리의 진정한 집이다.

모든 것에 준비된 가슴

진정한 자유는 '모든 것에 준비된 가슴'에서부터 일어난다. 미
얀마의 한 명상 스승에게서 비롯한 이 가르침은 우리가 좀 더
용기 있게 현존하며 살아갈 수 있도록 우리를 이끌어 준다. 행
복을 갉아먹는 가장 나쁜 습관은 우리가 아직 모든 일에 충분
히 준비되지 않았고, 앞으로 벌어질 일에 제대로 대처할 수도
없다고 가정하는 것이다. 미래를 생각하며 움츠러드는 대신, 당
신의 가슴이 이 통제 불가능한 삶의 그 어떠한 도전에도 준비
가 되어 있다고 믿어 보면 어떨까? 이런 태도가 지금, 이 순간
을 충만하게 살아가도록 당신을 해방시킬 수 있다는 사실을 느
껴 보자.

  우리의 가슴이 모든 것에 준비되어 있을 때, 우리는 더 이상
움츠러들지 않고 자유롭게 사랑할 수 있으며, 타인이 상처를
줄 때도 손을 내밀 수 있고, 세상의 아름다움과 신비로움을 자
유롭게 만끽할 수 있다. 그럴 때 우리의 진정한 본성인 창조적
인 자각 속에서 자유를 느낄 수 있다.

우리 안의 향기

영적인 여정에서 가장 큰 착각 중 하나는 우리가 미래에는 더 현명하고 더 애정 어린 사람으로 변할 거라는 생각이다. 우리는 올바른 훈련을 하고, 올바른 스승을 찾고, 올바른 책을 읽은 후, 미래의 어느 시점이 되어서야 그런 사람이 될 거라고 믿는다. 하지만 사실 우리가 열망하는 그 애정 어린 자각은 자신의 바깥에 있는 것이 아니고, 미래에 있는 것도 아니며, 다른 어딘가에 있는 것도 아니다. 그것은 우리 자신의 본질 그 자체다.

고대 인도에서 전해지는 아름다운 이야기를 통해서도 이 같은 진리를 깨달을 수 있다. 어느 날, 작은 사향노루 한 마리가 아름답고 유혹적인 향기를 맡게 되었다. 처음 맡아본 아름다운 향기에 매혹된 사향노루는 그 향기가 어디서 나는지 찾아다니기 시작했다. 사향노루는 밤낮을 가리지 않고 끊임없이 향기를 찾다 지쳐서 쓰러졌고, 결국 향기의 근원을 찾기를 포기하고 말았다. 그런데 그가 무심코 몸을 웅크렸을 때, 그의 뿔이 배 부근에 있는 작은 주머니를 찌르면서 아름다운 향기가 주변에 가득 퍼졌다. 순간 사향노루는 그토록 찾아다니던 향기가 자신의 몸에서 뿜어져 나온다는 사실을 깨달았다.

우리가 얼마나 멀리까지 헤매고 다니든 그리고 얼마나 절실히 찾아다니든 우리가 찾는 '깨어 있는 부드러운 자각'은 이미 우리의 내면에 존재하고 있다. 따라서 우리가 충만한 현존의 고요함에 도달할 때면 언제라도 존재의 핵심, 향기의 근원을 찾을 수 있다는 것을 기억하자.

밤하늘을 바라보면서, 침묵과 고요함의 신비 속에서
문득 존재의 깊이를 실감할 수 있다.

삶은 지혜와 사랑 사이에 흐른다

영적 훈련을 하던 초창기에는 종종 내면 깊숙한 곳에서부터 갈등이 일어나곤 했다. 갈등은 진리를 깨닫고자 하는 갈망과 사랑을 경험하고자 하는 열망 사이에서 이루어진 것이었다. 둘 중 어느 쪽이 나를 인도하고 앞날에 활력을 불어넣는 데 더 큰 역할을 하는 것일까? 마음속으로는 이것이 선택의 문제가 아니라는 걸 알았지만, 그럼에도 나는 한없이 사랑의 현존 속으로 녹아들고자 하는 강렬한 열망과 실재(Reality)의 본성인 진리를 깨닫고자 하는 압도적인 충동 사이에서 이리저리 흔들렸다.

때때로 나는 은은하게 빛나는 애정 어린 자각을 향해 가슴을 열어젖힌 뒤, 그 너머에는 아무것도 없다는 사실을 깨닫곤 했다. 말하자면 세상의 모든 것이 내 가슴의 일부였던 것이다. 세상의 모든 생명을 향해 친밀감을 느낀 순간은 영적 여정의 성스러운 목적 그 자체였다.

또 다른 때에는 완전한 침묵의 개방감 속에서 모든 존재의 일시적이고 텅 빈 본성에 관한 명료한 인식이 일어나곤 했다. 이 같은 단순한 존재(Being)의 순간은 통찰과 지혜에 양분을 제공

하고 진리에 대한 인식을 한층 심화시켰다.

지난 수년에 걸쳐 나는 진리와 사랑이 긴밀하게 얽혀 있다는 사실을 분명히 이해하게 되었다. 보석의 여러 면과 마찬가지로 그것은 실재의 다양한 측면이다. 즉 진리는 마음에 반사된 빛이고, 사랑은 가슴에 반사된 빛이다. 이 둘은 동시에 우리의 영혼을 드러낸다. 인도의 성인인 스리 니사르가닷따 마하라지Sri Nisargadatta Maharaj는 이를 아름답게 묘사한 바 있다. "사랑은 '나는 모든 것이다'라고 말합니다. 지혜는 '나는 아무것도 아니다'라고 말합니다. 내 삶은 이 둘 사이에서 흐릅니다."[12]

이 책은 수많은 사람의 배려와 선의에서 양분을 공급받아 세상에 나올 수 있었다. 가장 먼저 이 책의 씨앗을 심은 건 자신들이 좋아하는 이야기와 인용구를 책으로 만들어줄 수 없겠느냐고 요청해온 팟캐스트의 열성적인 청취자들이었다.

그리고 이 일을 처음 실행에 옮긴 건 사랑하는 직원들이었다. 자넷 메릭과 바바라 뉴웰, 크리스티 샤셸은 나의 다른 책들과 강연, 기사에서 자료를 수집하고 내용을 검토해 주었다. 나의 출판 에이전트이자 친구인 폴 마온은 탁월한 식견과 전문성, 유머 감각으로 나를 이끌면서 사운즈트루Sounds True 출판사에서 책을 낼 수 있도록 도왔다.

재능 있는 편집자인 제이미 슈워브는 나의 개인적인 경험담에 초점을 맞추기를 권유하는 등 이 책의 방향을 잡는 데 큰 도움을 주었다.

내 소중한 친구이자 편집자인 쇼샤나 알렉산더는 내가 쓴 모든 이야기를 주의 깊게 읽은 뒤 놀라운 창의성과 문학적 재능으로 원고의 질을 높여 주었으며, 특유의 열정과 애정, 유머 감각으로 글을 쓰는 내내 나를 격려했다.

내 동생인 다샨 브랙은 현명한 가슴과 날카로운 눈으로 원고를 여러 차례 검토해 주었다. 다샨과 그녀의 친구인 수잔 그린은 책의 예술적 구성에 관해서도 조언을 아끼지 않았다. 예술가 겸 삽화가인 비키 알바레스의 그림은 특유의 아름다움과 우아함으로 지면에 생기를 불어넣었다.

마지막으로 사랑하는 남편과 강아지, 가족들, 학생과 동료들, 센터 직원들, 워싱턴 통찰명상협회(IMCW)의 친구들, 마음챙김 명상 지도자과정(MMTCP)의 직원과 멘토, 참가자들, 수많은 명상 지도자들, 내 동물 친구들 그리고 우리의 집인 소중한 지구, 이 모두가 내면의 황금이자 우리가 미처 쓰지 않은 마음에 대한 신뢰에 영양분을 공급해 주었다. 여러분 모두의 내면에 흐르는 선함을 향해 깊은 감사와 애정을 담아 인사를 보낸다. 🍀

진실을 말하고 받아들이기

1) 라이너 마리아 릴케의 시구는 《시도서(Rilke's Book of Hours: Love Poems to God, NY: Riverhead Books, 1997)》에 실린 시 '세상에 혼자이나 외롭진 않다(I am much too alone in this world)'에 등장한다.

2) 에이드리언 리치의 《거짓말과 비밀과 침묵에 관해(On Lies, Secrets, and Silence: Selected Prose, NY: W.W. Norton & Company, 1979)》에 실린 구절이다.

매일, 무슨 일이 있더라도

3) 이 구절은 잘랄루딘 루미의 《루미 선집(The Essential Rumi, NY: Castle Books, 1997)》에 실린 '생쥐와 개구리(A Mouse and a Frog)'라는 시에 등장한다.

자유의 한계

4) 이 구절은 잘랄루딘 루미의 《일별:영적 만남의 노래(The Glance: Songs of Soul-Meeting, NY: Penguin Compass, 1999)》에 실린 '누에(Silkworms)'라는 시에 등장한다.

부디 내가 친절할 수 있기를

5) 〈성격 및 사회 심리학지(Journal of Personality and Social Psychology 27, no.1, 1973)〉에 실린 존 달리John M. Darley와 대니얼 배슨Daniel Batson의 '예루살렘에서 제리코까지:도움 행위에서의 상황 및 기질 변수에 관한 연구(A Study of Situational and Dispositional Variables in Helping Behavior)'에서 인용했다.

모든 생명과 사랑에 빠지리라

6) 토머스 머튼의《단상(바오로딸, 2013)》에 실린 구절이다.

기도란 무엇인가

7) 존 오도나휴의《영원한 메아리(Eternal Echoes:Celtic Reflections on Our Yearning to Belong, NY: Cliff Street Books, 1999)》에 등장하는 시구이다.

고통을 함께한다는 것

8) 피르 빌라얏 인얏 칸의《상담과 치료에 영성 도입하기(Introducing Spirituality into Counseling and Therapy, NY: Omega Publications, 1982)》에 나오는 구절이다.

불안감마저 사랑으로 감싸 안는 것

9) 레인명상에 대해 더 알고 싶다면 내 책《끌어안음(불광출판사, 2020)》
을 참조하면 좋다. 레인명상에 관한 온라인 정보는 'tarabrach.com/
RAIN' 페이지에서 찾아볼 수 있다.

집으로 돌아가는 길을 기억하라

10) 루미의 말로 간주하는 이 인용구는 앤드류 홀로첵Andrew Holocek의
책《꿈 요가: 자각몽과 티베트 잠 요가로 삶을 조명하기(Illuminating
Your Life Through Lucid Dreaming and the Tibetan Yogas of Sleep,
Boulder, CO: Sounds True, 2016)》에 실려 있다.

우주는 우호적인 장소인가

11) 이 인용구는 흔히 알버트 아인슈타인의 것으로 간주하지만, 정
확한 사실 여부를 확인할 수는 없었다. 그 출처가 어디이든 간에
'우주는 우호적인 장소인가?'라는 질문은 분명 의미가 있다.

삶은 지혜와 사랑 사이에 흐른다

12) 니사르가닷따 마하라지의 이 가르침은 그와 함께 공부한 적 있는
잭 콘필드Jack Kornfield가 자신의 책《마음이 아플 땐 불교심리학(불
광출판사, 2020)》에서 소개한 바 있다. 이 구절은 'jackkornfield.
com/identification/'에서도 확인할 수 있다.

쓰지 않은 마음

초판 1쇄 인쇄 2022년(단기 4355년) 11월 23일
초판 1쇄 발행 2022년(단기 4355년) 11월 30일

지은이 | 타라 브랙
그린이 | 비키 알바레스
옮긴이 | 김성환
펴낸이 | 심남숙
펴낸곳 | ㈜한문화멀티미디어
등록 | 1990. 11. 28 제21-209호
주소 | 서울시 광진구 능동로43길 3-5 동인빌딩 3층(04915)
전화 | 영업부 2016-3500 편집부 2016-3507
홈페이지 | http://www.hanmunhwa.com

운영이사 | 이미향
편집 | 강정화 최연실
기획 홍보 | 진정근
디자인 제작 | 이정희
경영 | 강윤정 조동희
회계 | 김옥희
영업 | 이광우

만든 사람들
책임 편집 | 한지윤 디자인 | 하하하
인쇄 | 천일문화사

ISBN 978-89-5699-440-6 03810